第九届（2018—2020）小小说金麻雀奖获奖作家自选集
{杨晓敏　尹全生　梁小萍　陈兰　主编}

马背上的少年

王若冰　　著

中国出版集团
中译出版社

完美相约	133
孔雀开屏	137
凤凰旗袍	141
祖父往事	145
雪落永平府	149
此去经年	154
望江南	158
紫色旗袍	162
紫檀木婚床	167
枣树	172
玉蝴蝶	175
玉佛手	179
父亲的梦想	183
故乡的云	188
一碗桃花梦	192
你从厦门来	197

筷子与刀叉	201
正午的阳光	206
心愿	210
污渍	215
闺密	219
归来的帝王绿	223
要债	226
魔鬼的忏悔	230
啼血的红罂粟	234
生死桥	237
父亲的秋千	242
黄昏落	246
爱情零距离	250
晚景	253
最后的赢家	258
等我回来	262

目录
CONTENTS

两颗蓝宝石	001
布朗太太的房子	005
蓝花楹下的灯光	009
第三十七个女孩	013
樱花纷飞的清晨	017
山顶有棵桃李树	020
一天中的九个小时	025
小镇拐角的女人	029
马背上的少年	034
爱无距离	039
玉凤凰	043
对面的碗	047
买鲜花的老人	052
龙凤花瓶	053
七彩屋顶	059
请你嫁给我	062
情牵法兰西	066
离婚	070
野马，野马	074
爱在乌鲁鲁	078
湘妃竹	083
婚房	087
玫瑰与山茶	092
黑莓的眼泪	097
影子	100
曼珠沙华	103
沙漠雨	108
如影随形	112
有钱了去离婚	117
转折	120
青砖围墙	124
桃花泪	128

妻子的秘密	264
两次拥抱	268
玉手镯	272
她与他的城	276
大树与菟丝花	280
读书、写作与思考（代后记）	285

两颗蓝宝石

真的是一颗蓝宝石吗？他的手不由自主地颤抖起来，悄悄地看看周围，又把头转向她。她正在很认真地洗着一筛子沙土。她的神情专注，仿佛一走神，宝石就被洗走了一般。他觉得极为好笑，又把目光收回来，转到自己手中的这颗小小的石头上。他发现所有人都在忙，根本没有人注意自己。他小心翼翼地对着光线照了照，这块石头尽管只有手指肚那么大，但靓丽、晶莹剔透，所有这些表面特征都跟蓝宝石的特点吻合。他刚想喊她，脑海中突然浮现出寡母望着首饰店里一颗蓝宝石戒指的眼神，他犹豫了一下，最终没有说出一个字。

他将这粒小小的石头悄悄地塞进自己背包的侧袋里，又低着头，将身边的空桶装满，去进行清洗。但是，他的内心却再也无法平静。坐落于澳洲北领地境内的这个小镇，盛产蓝宝石。每一个来小镇旅游的人，都会到这里试试运气。他原本对这些不感兴趣，却经不住她的软磨硬泡。她说："我最喜欢的就是蓝宝石，做梦都想拥有一套蓝宝石的首饰，你闭眼想象一下：我这张粉嫩的脸，戴上一对蓝宝石的耳坠，一根蓝宝石的项链，手腕上有一串蓝宝石的手串,再有那么一颗大大的蓝宝石戒指,哎哟,我都不敢想下去了。为了我的梦想,你试一试还能怎么样!"

她这样一说,他就不好意思再拒绝,买完票,跟着那些带着各种各样目的来的游客进入到矿区。他知道,她喜欢蓝宝石,在她的眼里,只有那闪着幽蓝光芒的蓝宝石首饰才称得上是女人的最爱。蓝宝石神秘、有质感、有品位。她不止一次地描述与表达她的渴望。每次她说出这样的看法时,脸上都会闪着一种遗憾与渴望。那渴望就像一个饥饿难耐的孩子,突然发现一块松软可口的法式面包,那种诱惑是无须用语言来表达的。可是,她说的次数越多,他的内心越不安,不安的次数一多,就变成了抑制不住的反感。一个丈夫连满足妻子一套蓝宝石首饰的能力都没有,这本身就是巨大的打击,一种说不出的挫败感填满他的身心。再加上她在流水一般的时光里,没完没了地表达,他有种愧疚、无奈等复杂的滋味。那感觉时时刻刻地在他的脑海里蹦出来,在他的眼前与身边晃悠。

炙热的太阳没能阻挡人们的热情。一对老夫妻有说有笑地一人捧着一个大筛子,然后又各自放进水中,上下不停而又轻微地摇动着。随着摇摆,筛子里的沙土一点一点地被甩了出去,直到里边只剩下了一颗颗小石子,再拿出来,放进清水里洗一下,然后再把筛子里剩余的那些石子倒在一块大纱布上,一点一点地扒拉着,蓝宝石也许就藏在这些沙粒里。突然,那个老太太大声说:"亲爱的,你看看,这个是不是蓝宝石呢?在光线下,亮闪闪的。"老先生凑过去,拿起来左看右看,然后笑着说:"恭喜你,亲爱的,这块真的是蓝宝石呢!"

两个人像孩子一般拥抱,又转了一个圈,很多人都投来羡慕的目光,之后都说着"祝贺你们""运气真好"之类的话。这些声音当中,也有他与她的。她在他的正前方,背对着他,因为那样,旁边的一棵大树就刚好挡住她的脸。她回过头有几分羡慕地说:"我还是喜欢蓝宝石。"

他有些不自在地咧了咧嘴,终归没有笑出来。他有点心虚,敷衍着说:"主要是个乐,还能指望发财不成?"

"那倒不是,只要能淘到蓝宝石我就开心了。"

她咯咯地笑着,笑得有些天真。

太阳在头顶上火辣辣地烤着。日头越来越炙热,人们淘宝的热度却开始降温。一些人嚷嚷着,说着完全如赌博一样,根本挖不到宝石,于是放下各种工具,失望地离开了。她在他的前方,居然找了一棵大树,举起一把尖尖的镐,顺着蜿蜒的树根挖起来。他将手伸进包里,触摸到了那一颗小小的蓝宝石,真想拿出来告诉她,可是他想了想还是将话咽了下去。

这时,他听到她叫他的声音:"亲爱的,你快过来。"

他答应着走过去,她指着纱布上的一颗小石头问:"你看，这颗是不是蓝宝石？"

他拿起来，那是一颗花生米一般大小的石头，他很认真地对着光线照，高兴得都有些结巴了。

她也激动得有点语无伦次，将那颗蓝宝石紧紧地握在手心里。然后，他们将工具交给矿上，火速地离开。

一路上，她心情大好，一会儿拿出来看看，一会儿又放进钱包的夹层里。

因为母亲的70岁生日，他决定早一些回去，他悄悄地将那颗蓝宝石拿到首饰加工店，进行切割，并定制了一枚戒指。

母亲生日那天，亲朋都很高兴，纷纷给母亲准备了礼物。他问她："你给妈妈什么生日礼物啊？"

她笑笑说："你别管了，这事交给我。"

当所有来人都送完礼物时，人们就把目光落在他们夫妻身上。他尴尬地看着她，她则很轻松地走到母亲的身边，从包里拿出一个漂亮的首饰盒，交给母亲说："妈妈，您看看，这是我们两人特意为您定做的。我记得那次我们一起逛商场的时候，您说您最喜欢的就是蓝宝石项链，这个是白金的链子，蓝宝石的坠，希望您能喜欢！"

母亲惊讶得张大了嘴巴，他也有点摸不到头脑。她看了他一眼，再次露出了天真的笑容。

母亲双手接过去，将那光闪闪的项链捧在手里，用手摸着那颗蓝宝石坠,满意地说:"这么贵重的礼物,我怎么会不喜欢呢?"

他用手摸摸手心里的那颗小小的戒指,望着她,不自然地笑了。

布朗太太的房子

春天开始的时候,我再次登门拜访布朗太太。

布朗太太来开门时,精神明显比前两次差了不少,但稀疏而发白的头发却打理得很整齐。她还是礼貌地请我进门,将我让到沙发上,不过她开门见山地对我说:"年轻人,我还是无法改变我的想法,房子我不能卖给你。抱歉。"这一次,我并没有急,而是看着布朗太太说:"布朗太太,您知道您的这套房子已经50年了,一套50年的木房子,按照现在这个区域的价格,只值50万澳元。可是我上一次已经给到您150万澳元,您还是不同意。布朗太太,您今年多大岁数了?"

我直视着她,内心有一股无名之火在往上蹿。但是我还是尽力地往下压了压。谁知,布朗太太似乎一点也不急。她很淡然地在沙发上坐下,看着我说:"我今年已经85岁了。我明白你的意思，有了这150万澳元，我的余生会过得很轻松。但是，我还是那句话，房子，我是不会卖的！请回去吧！"

布朗太太的话再次深深地激怒了我。可是，我知道，面对这样一个固执的老人，我除了忍耐，别无选择。去年初，我在这个区域看上了包括布朗太太家在内的6套老房子，这虽然是个老区，但是位置很好，正在吸引越来越多的海外投资者。其他的家庭都很痛快地答应并把房子卖给了我。因为我每套房子几乎都是以双倍或者三倍的价格买下的，因此每个人家都非常高兴地拿着钱去买新房子了。但是，当我来到布朗太太的家时，却在这里卡住了。尽管我说尽了好话，布朗太太也不松口，让她出价，她也根本不理会，只对我说："年轻人，我不会把房子卖给你的，你就死了这条心吧！"

这一次，我是抱着必胜的信心来的。我知道布朗太太无儿无女，布朗先生已经过世多年，她一个人在这世界上孤独度日，生活得并不富裕。况且布朗太太的房子在中间，我一旦改变了计划，损失将难以估算。就因为布朗太太不同意，我在这里的房地产开发项目难以进行，如今都快一年了，还毫无进展，我这一次要是再不成功，后果连我自己都难以想象。

"布朗太太，我知道您对这座房子有感情，毕竟住了这么多年，留有许多美好的记忆。您的心情我都能理解。不过，这房子毕竟已经50多年了，其他的几户都已经搬走了，您看看现在您的周围已经夷为平地。您一个人在这里不寂寞吗？我可以出价300万澳元，这是我最后的底线，如果您同意，我们现在就可以签订合同。我甚至还可以帮您找到一套合适的房子，帮您搬家。我保证您会满意的！"

我极力地想说服布朗太太。

但是布朗太太似乎一点不为所动，她扭过头，望向窗外，顺着她的目光望过去，那是一个大大的葡萄架，上边已经长满了绿油油的叶子。布朗太太的目光在葡萄架上游移了一会，转过头对我说："年轻人，你说的这些我都明白。我也看到了，几户老邻居都搬走了。我的周围已经变成了一片平地，没有一点烟火气息了。但是，我要告诉你，我一点也不孤单，相反我比以前更加充实与满足了，是发自内心的满足。我不知道我的人生还有多少时间，但是只要我活着一天，我就不会离开这套房子。"

她说得异常坚决，然后又把目光落在窗外的葡萄架上，久久不肯离开。

显然，这一次，我又失败而归。

因为再也不能等待下去，我放弃了布朗太太的房子，只能改变了建筑计划，决定绕过布朗太太的家，将原有的工程计划分成两部分来建筑。

可是，施工还没有开始，就传来了布朗太太过世的消息。布朗太太的代理律师给我打电话，让我去一趟。再次走到布朗太太的家，一种凄凉不由升起。律师掏出一封信递给我。信是布朗太太写的，在信中，布朗太太说她不把房子卖给我，与价格根本没有关系，因为这套房子是她的丈夫亲手盖起来的，她的丈夫布朗先生的骨灰就葬在后院的葡萄架下。这些年，她觉得丈夫一直在身边陪着自己，她已经习惯了每天坐在葡萄架下与丈夫对话的日子。布朗太太还说，她死后愿意把房子捐给我，只希望我能保留后院的葡萄架，并把她的骨灰也一起葬在那里，她就心满意足了。

读完布朗太太的信后，我的内心长久无法平静。我依然按照原来的计划施工，保留了布朗太太完整的家，并且将布朗先生与布朗太太的爱情写出来，将房子免费开放给人们参观。每天，葡萄架下都会有一些伴侣拿着鲜花来祭奠！

我总在没事的时候，走近后院的葡萄架，心里默默地说：布朗先生，布朗太太，愿你们安好！

蓝花楹下的灯光

子雅在街灯如豆的街道上，快速地冲进院子。门前，一盏灯，明亮亮地照着前院的两棵蓝花楹树，更照亮了通向前门的台阶。微风吹来，蓝花楹的周围，落英缤纷。她仰头望着灯光下的蓝花楹，如天女散花一般，纷纷扬扬的花片落在身上、脸上、脚下、地上，充满诗情画意。她第一次注意到，蓝花楹树下，放着一把秋千躺椅。想不到，这尼尔还挺有情趣呢！早起，因与房东尼尔先生发生的不悦引起的搬家念头，也随花而落。她随手关掉了门前的灯进门。

此时，80多岁的尼尔先生，正坐在沙发上打盹。电视机的高音量震得她的耳朵嗡嗡响。她轻轻地走进自己的房间，关上房门，轻手轻脚地收拾东西。

子雅昨天才从北京飞到墨尔本，将开启她的留学生涯。来之前，经过网络推荐，她选中了有着良好个人信用记录的尼尔先生的房子。看到居住环境后，子雅很满意，尤其是院门前的两棵蓝花楹树，正开得花枝灿烂。据说，房东尼尔先生与他的太太杰西卡女士因为无子女，几十年以来，家里一直住有留学生。房子有独立的厨房、卫生间、卧室也很大，还配了桌椅与沙发，又与尼尔先生所住的区域有明显隔离，有足够的私人空间。最重要的是，每周200澳元的租金，在这个区域绝对是天上掉下的大馅饼。

但是第一天，跟尼尔先生互相介绍之后，子雅就跟尼尔有了不愉快经历。她随手把行李箱放在走廊里，想先去洗手后，再开始收拾，结果尼尔就发出了牢骚："你不能把行李箱放在走廊里！"

子雅没说话，将行李箱拉进自己的房间，心情却产生了180度的转变，她觉得尼尔真是不通人情。晚上，她出去晒衣服，回来忘了关屋内走廊的灯，尼尔走过来说："电费很贵，请用完后随手关灯！"

子雅在手机上翻出租房合同，她问："这个走廊上的用电是不是由我来负责的？"

尼尔说："是。"

子雅说："那您就不用担心了，我会按照合同来交电费的。"

尼尔说："即使是你交电费，也得注意节约用电！"

尼尔声音严厉。子雅没说话，转身默默地走进自己的房间。

尼尔在后边大声说："嗨，请你关上灯！"

子雅说："我不喜欢黑暗，亮着吧！反正电费是我出。"

尼尔却不依不饶地说："你既然不需要，就请关灯，不能如此浪费资源！"

子雅又转回身，气呼呼地关了灯。

刚到就发生了这样的不愉快，因此，当她看到院子里与门口的灯亮着时，就想：尼尔这老头是特意为自己回家照亮才开灯的吧！这样想着，内心里生出一股温暖，使她平静下来。子雅跟父母在视频中介绍了一下自己的情况，又给他们发了几张蒙纳什大学的照片，才在父母的叮咛中睡去。

没想到，第二天早上，子雅又受到了尼尔的一通责怪。

出门前，子雅在走廊里遇到尼尔，他穿着蓝色的西装，配一条金色的领带，灰白的头发散落在头顶上，额头的皱纹深而密集。他看起来比昨天多了几分威严，他问："你昨天晚上为什么把门口的灯和院子的灯都关了？谁让你关的？以后，没有我的允许不能动院门与前门的灯！"

子雅愕然，她无法理解：第一天晚上，为了自己没有随手关走廊里的灯，他厉声告诉自己不能浪费资源，可她随手关了灯后，他又因此而批评自己关了外边的灯。这个人是不是有病啊？这灯到底是关还是不关？子雅的火"呼啦"一下冲到脑门上。

但是，她想起中介曾说尼尔太太杰西卡上个月刚刚去世，因此她将到嘴边的话硬生生地咽了回去。尼尔并未等她回答，他说完就默默地回到客厅里。通过走廊与客厅之间的推拉门,她看到尼尔正临窗而站,目光在窗外的两棵蓝花楹间,一动也不动。

子雅带着一肚子气出了门。

一整天,她也没有想明白:关灯与开灯这样的小事,为什么令尼尔那么激动。

之后的几天,过得相安无事。每次回家,子雅都会发现,尼尔不是在客厅里发呆,就是坐在院子里的蓝花楹树下喃喃自语。他很少过问子雅的生活,有时候,子雅甚至感觉不到他的存在。

午后,一场雨使蓝花楹树下落满了紫色的花瓣,尼尔先生正跪在树下,一片一片地捡拾着地上的花瓣。他左手拖着一个篮子,右手则将地上的花瓣,一片片地放在篮子里。有时,他还会将一片片的蓝花楹花瓣放在嘴边,轻轻地吹掉上边细小的尘埃,然后再慢悠悠地放到篮子里。雨后初晴,阳光从蓝花楹的枝叶间落下来,尼尔的身影便在那斑驳的光线下,愈显得苍老。

他捡那些花瓣做什么呢?真是个怪人。子雅礼节性地对尼尔笑了笑,直接向房门走去。

"子雅,对不起,请原谅我前几天的无礼!"

就在子雅的脚迈向台阶时,身后传来尼尔的话。她一愣,转过身,尼尔依然跪在地上,篮子里装满了花瓣。

子雅有些意外,摇摇头说:"哦,那个……"

尼尔站起来说："在蓝花楹盛开的日子，一定要开着灯，因为杰西卡最喜欢在夜晚的灯光下，坐在秋千椅上欣赏蓝花楹。你关了灯，她就看不到了。"

杰西卡？子雅愣愣地看着尼尔。

尼尔说："我的妻子杰西卡最喜欢蓝花楹，每年花开的时候，我每天晚上都会陪她坐在院子里，一边聊天一边赏花。一年又一年，我们在这里度过了数不清的幸福时光。她虽然走了，但我知道她一定会回来看花的。没有灯光，她怎么能看到呢？"

尼尔的眼光落在篮子里的那些花瓣上，子雅似乎看到他眼中落下的泪水，正一滴一滴地落在那满篮的花瓣间。

第三十七个女孩

当我再次走进老人家门的时候，她正在喝茶。午后斜阳照在她对面的墙上，洒下一束束白光。她抬头看一眼，又转头上下打量着与我一起来的女孩，问："你叫什么名字？你今年多大了？你的生日是哪一天？"

自从从事房地中介工作以来，我见过形形色色的人，但像老人这样的房东我还是第一次遇到。她对房客不但有年龄的要求，还对头发长短、个头高矮有具体的要求。最关键的是她还要亲自面试租客，令人百思不得其解。一周的时间，我已经带 20 多个女孩来看房子，可她居然一个也没有看上。看不上也就罢了，还惹了不少租房的女孩生气，说她简直是不可思议。

"她当别人都是什么？出租个房屋而已，还要问一大堆这么莫名其妙的问题，又不是找儿媳妇，这不是有病吗？不能她是老人就这么欺负人吧？"

一个女孩子一边向外走，一边大声发泄着不满。高跟鞋踩在瓷砖地上，踏出一串发泄般的"咚咚咚"声。

"花 500 块钱租到这样的房子，就如白天做梦娶媳妇没有区别。可是，阿姨，我……我实在……我实在帮不了您了！"

老人认真地听我说话，她那双眼睛安静地看着我，似乎充满了我难以读懂的内容。她轻轻地给我倒了一杯茶，很快，庐山云雾茶的香气缓缓而来。她说："姑娘，你先坐下喝杯茶。"

她不急不慌，神情淡然，依旧端坐在那把高大的皮椅上，一小口一小口地饮茶。待她把一小杯茶喝完了，用桌子上的绢丝手帕擦了一下嘴唇，轻柔而安然。我不得不佩服这样的她，虽然已近黄昏，却处处散发着抵挡不住的高雅与淡定。她情不自禁地望了望对面的墙，顺着她的目光看，我这才注意到，原来墙上挂着一幅照片。那是一个年轻的女孩，长发宛如丝绸，光泽、柔润，披落在肩。一双眼睛，单眼皮，但是极为耐看有神。女孩子穿着一件火红的连衣裙，衬得越发青春美丽。也只是那么瞬间，老人就迅速地将目光收回来，认真地看着我说："我知道，我的要求的确是苛刻了点，可是我有我的原则，我自有我的理由。再说，我们是签了合同的。"

她说得异常坚定，说得毫不犹豫。我竟然找不到反驳她的理由，刚才的一肚子情绪都在这一杯飘香的云雾茶里雾化而去。老人说得也对，除了对房客挑剔了一些，人家也是按照规矩签订了合同的，我的头脑瞬间清醒过来。我妈她老人家说了，天下哪有那么容易的事呢？连吃饭都要咀嚼四九三十六下才能咽下去，活着不就是一个又一个的麻烦吗？谁让这是我的工作呢？我点点头，是无奈，也充满了疑惑。

又是一周时间过去了，老人在一个又一个的面试中，不厌其烦地询问着对方的信息，一边问还一边用眼睛上下左右地打量着，她的目光总会在不经意间扫过那张照片。仿佛面前坐着的不是一个房客，而是决定她人生的一个最重要的抉择。她那头灰白的头发，在光线的照耀下，愈发白得耀眼，荡漾着一种熟透了的美感。

我越来越泄气了。我想，照这样下去，除了浪费时间，肯定找不到符合她要求的房客。明明知道这样的结果，我又何必跟她耗光阴呢！于是，我决定在这最后一个看房的女孩结束后，坚决推掉这块烫手的山芋。

老人依然沉稳地坐着，每一次见到她，她都是面对一面墙坐着，眼睛总是有意无意地看一眼墙上挂着的照片。

此时，预约来看房子的女孩走进来，如果我没有记错的话，这应该是第37个来看房子的女孩了。她的头发搭在肩上，一件白色的衬衫搭配一条黑色的裙子，一看就是刚出校门不久的女生。她笑着跟老人与我打招呼，眼睛纯净，如一汪清水。

老人在看到女孩的瞬间，眼睛亮了一下。

"姑娘，你能给我看一下身份证吗？"

姑娘点头，将身份证从包里拿出来，有些小心地递给老人。

老人双手接过身份证端详着。突然，她双手不由自主地哆嗦起来，脸上飘过一丝激动而又抑制住的表情，她似乎在极力地控制着自己的某种感情，站起来走到女孩身边，说："像，真像啊！你跟我女儿同年同月同日出生的！"

这声音肯定、悠长，里边夹杂着她抑制不住的激动，好像多日来，她所有的等待都变成了现实一样，房间里久久回响着她兴奋的余音。她说完将自己的目光转到那张照片上，泪水早已经不由自主地滑落脸颊。

老人对我说："姑娘，对不起，让你受累了！其实我就想找一个跟我女儿长得像的人,这样我就觉得女儿没有走,她还在我身边一样。"

樱花纷飞的清晨

朝阳在樱花树上翩翩起舞。春风轻起,满眼樱花便是落英缤纷。

这究竟是在清晨的公园里第几次看到妇人,我已经记不清了。早晨的公园里,只是偶尔看到几个晨练的人。而老妇人便是其中之一,她总是穿着紫色系的裙装,妆容永远都是淡雅而精致的,她的手里永远提着那个看起来很沉重的袋子。她总是旁若无人地走在公园的樱花树间。每次快要与她相遇的时候,她都会巧妙地躲开,或者转身到旁边的青石路上,或者是迈向旁边的草地,或者干脆转头,总之她是不与任何人面对面的,更没有听她说过一个字。她从公园东边的那条街上走来,沿着林荫路进入到公园里,然后就一直在樱花树之间徘徊。

一场春雨后,樱花落了一地。红色的水泥地上,满是星星点点的白。樱花已经开过几日,想来应该是落花季了吧!花开使人惊喜,而落花却让人徒增感伤。就算是平安的生活，也总不由得平添几分春光渐去的不舍与无奈。妇人抬头望着随风飞舞的落花，表情有点严肃，又有点期许。她一边欣赏，还一边不时地用手摸摸手中的袋子，以及里边的东西。每当这时刻，妇人的脸上都会露出一种不同寻常的表情，是期待还是满足，令人说不清楚。但是她是安宁的，平静的，她似乎在喃喃自语地表达着内心的某种渴望。

之后，她先是用双手轻轻地将包放在樱花树下的一张椅子上，然后坐下来。她的动作轻柔、优雅、从容。当我再次走到樱花丛的附近时，发现妇人正在起身，准备离开。可是，就在她弯腰准备提起那个袋子的时候，不知什么原因，她一下子就摔倒了。她的头似乎磕到了椅子的边缘，而那个她仿佛格外珍重的袋子，也一下子掉在了洒满落花的地上。

周边并无他人，我犹豫了一下，还是快步走过去扶起了她。

"您没事儿吧？"

她看了看我，有些不好意思地笑了笑，道歉说："对不起，让你见笑了。我好像没什么事儿，谢谢你！"她的话哪怕听起来如此得体与礼貌，却在语气里藏着无声的冰冷与拒绝。

她的裙子沾了几朵落花，她拍拍，花便落了地。她的额头还是有了一点淤青。我此时才看到，她一直提着的袋子落在了地面上,而旁边多了一个盒子。我惊讶地看着那个盒子,差点跳起来。妇人似乎根本没有在乎我的反应,她从容而坦然地用双手捧起来,上下左右地用纸巾擦去灰尘与落花,直到纤尘不染了,才装回那个袋子里。一边装还一边说:"亲爱的,对不起,是我不小心,希望没有吓着你。再过几天,樱花就要落了,我对你的承诺也都一一地兑现了,我也该兑现我自己的承诺了。你呀,就耐心地等着我吧!我再也不想一个人看明年的樱花了。"

她在对着那个盒子说话。

她回头看了看我说:"谢谢你的帮助!"然后她就头也不回地走了。

我呆呆地望着她渐行渐远的背影,内心不知道是什么滋味。

第二天、第三天,樱花似乎又落了很多,铺满了一地。可是那个妇人却一直没有出现。我内心忐忑地望着樱花丛,希望能在公园的某个角落里看到她熟悉的身影,然而她再也没有出现过。

几天后,樱花已全部落尽。社区新闻报上的一则消息引起了我的注意,一个叫艾莉娜的老妇人在自己的家中安然离世。她在亲笔遗嘱中说,她无任何子女与亲人,将自己的房产捐给了社区活动中心,希望大家能利用起来多为孤独的老人提供方便与关爱,她希望每一个活着的老人都不要像她那样生活在无助与彻骨的孤独之中。她与丈夫是在樱花树下相遇的,那时正是樱花缤纷的季节。因此,她希望将自己与丈夫的骨灰埋在自家后院的樱花树下。照片上,那个穿着紫色裙子,手抱盒子的艾莉娜,正是公园中时常看到的妇人。

那一天,她掉到地上的盒子跟照片上的完全相同——一个黑色的骨灰盒。

山顶有棵桃李树

村庄东边有座山,山体陡峭,怪石嶙峋,寸草不生。独在高耸的山顶上,长着一棵硕大而枝繁叶茂的桃李树。每逢春天,一半是粉灿灿的桃花,一半是白莹莹的李花,堪称一道最奇特的风景。

相传当年曹操起兵讨伐河北袁绍大军时,路过此地,因去路被此山所挡,怒气之下命人一把火烧光大山。自此这座山就成了秃山。时光跨过了1700多年,此山依旧不见生机。小村的人们,更没有人注意到,山顶上何时长了一棵桃李树,因此,那棵桃李树,就具有了神一般的色彩。

17岁那年的春天,我正读着《三国演义》,读到曹操与袁绍大军交战的时候，猛然抬头就看到了那座光秃秃的大山。于是，关于这座山的传说再次在我小小的头脑里闪现不停。据说，我们这个小村曾经是当年修长城与守长城的士兵之后，一直是历史上各朝各代的兵家必争之地。因此，印刻进骨子里的文化与历史的韵味，是每一个小村人的骄傲。

在抬头望向那座秃山的时候，我的眼前奔跑着的是千军万马的古战场。我悄悄地走出家门，春天的气息扑得我满头满脸。轻柔的春风中，夹杂着百花香。我望着远处的山顶，想象着那株桃李树的盛景。因为距离有些远，山又较高，根本看不到那株桃李树。从七八岁开始，我就特别好奇，为什么不能去山上看看？祖父每次听到我的话都会说："一座秃山有啥好看的？祖祖辈辈就这么传下来的，山上连石头都长得怪吓人的。不能去！"

我不敢再问了，那一天我走着走着就来到了山下。山脚都是形状奇特的岩石，叠在一起。有的像千层饼，有的如形态各异的士兵，高矮胖瘦各不同，千奇百怪引人惊叹。

我不由就发出了感叹之声。

"你一个小丫头，胆儿够大的啊！"

这声音吓了我一跳，回头一看，不知道什么时候龙哥已站在我的身后。龙哥比我大4岁，与我家是世交。据说我们两家祖祖辈辈都是邻居，那时，龙哥是我们那个小村里为数不多的高中毕业生之一,他一直学习成绩优秀,也顺利地考上了大学。只因家境遭变,放弃了上大学的机会。从小到大,龙哥都是我学习的榜样,是我学习中的辅导老师。随着时间的推移,龙哥已经成了我生活中的一部分,就如同家人。

"龙哥,你吓我一跳。"

"你想上山吗?"

龙哥似乎读出了我的心思。于是我点点头:"我在我当兵复员回来的小姨夫那里得到了一本《三国演义》,一读到这本书,我就想上山看看。"

"走,我陪你去!"

"啊?"我惊讶地看着龙哥,他肯定地点头。他说,他跟我一样,从小就对这座山充满了好奇,一直想要去探索一下,苦于不得机会。今天正好一起去。

转了一圈,这山基本就像是用各种巨石垒砌而成的。连一条可下脚的空隙都没有找到。后来,龙哥在东面的山脚下看到一块稍微平一点的石头,就拉着我向上攀爬。一开始,我们还兴致高涨,如同探险家一样,心情都跳得像鼓点。越向上越难走,我甚至几次都想放弃,龙哥却执意不肯半途而废。他虽然也累得大口喘气,还是一路拉着我,不停地鼓励我说:"钰儿,不能放弃,坚持下去就是胜利!"

就这样,我们一路而上,离山顶越来越近。仰望山顶,那奇异的花香扑面而来。待我们登到山顶时，被眼前的景致惊呆了。站在山顶上，才知道，这山原来是呈金字塔形状的，山顶不过是一块几米见方的砂石地，那棵奇异的桃李树覆盖了整个山顶。粉红的桃花与洁白的李花，使山顶像一把张开的巨伞，将这里变成了独一无二的仙境。

我闻着这特有的花香说："好香的花。这么多花，秋天得结多少果子啊！山顶简直是世外的桃源，在这里建一座空中的小木屋，春天鲜花环绕，秋天果实累累，那简直是人间盛景。"

龙哥看着我，似乎在想着什么，有些答非所问地说："钰儿，你以后还会来山顶上吗？"

"嗯。这上面也没有什么，真不明白为什么大人不让我们来。"

"谁知道呢？我爷爷说这山曾经被大火烧光而成现状，晦气。不管那些，反正我们已经登到山顶了。钰儿，以后，我一定在山顶上建一座你喜欢的小木屋。"

我只呵呵地笑着说："这个真的是梦想。"

龙哥没有说话，望着山那边的大海，目光透出一种我从未见过的刚毅。

那一年，我考上了北京的一所大学，离开了小村。龙哥送我上火车前说："钰儿，要好好学！山上的桃李成熟后，我给你送去。"

我并没有把这件事放在心上，青春的心早已徜徉到了自以为多姿多彩的未来。

6年后的丰收时节，我带着未婚夫回到小村时，龙哥的桃李度假区正在轰轰烈烈地开业。他带我再次来到山脚下。通往山顶的不但有一架圆形的观赏车，还顺势建了宽宽的青石台阶。那些奇形怪状的石头被充分利用起来，在半山腰上建了一座建筑，既有宫殿的辉煌，又有复古的典雅，耸立在半空中，海市蜃楼一般。从前那些山上的很多石头都被盖成了房子，从前的秃山，也居然长出了许多绿植与鲜花。

拾级而上到山顶时，那棵桃李树还在。桃子与李子挂满枝头。秋风吹来，果香醉人。而在另一边的山顶上，居然有一座小木屋。龙哥顺手摘下一个桃子递给我："这是真正的绿色水果，自从那次我们一起上山后，我年年来，站到山顶上望着我们祖祖辈辈生活的村庄，突然给了我灵感。我为此四处奔波，找资源，找投资人，也算苍天不负有心人，正是这些想法才有了今天的桃李度假村。虽然这山被现代的科技开发得失去了面貌，但是山顶这棵桃李树会一直保留下去。"

龙哥说："现在能有这个桃李度假村，都要感谢你钰儿！"

龙哥回头对我的未婚夫说："你是一个幸福的家伙，好好待她！"

一天中的九个小时

女人被一阵哭声惊醒。

哭声惊天动地,她"呼"一下坐起身,发现哭声是自己旁边发出来的。1岁的儿子正在小床里滚着哭。她揉着双眼,挪到床边,抱起儿子。另一边,丈夫的鼾声有节奏地响着。

她伸出一只脚,踢了一下他的腿,他只是转过身,呼噜声瞬间又起,立刻响彻整个房间。

真是一只猪,天天什么也不管,孩子都哭成这样,居然还睡得这样香。

女人在心里发了一句牢骚,继续哄孩子睡觉。她看了一眼床头的钟,凌晨3点,她1点多的时候才迷迷糊糊地睡着。她一边打着哈欠,一边轻拍安抚孩子。

早上6点,女人又在孩子的哭闹声中醒来,开始了她每一天都重复的各种工作。

她以最快的速度穿戴好,将孩子放在客厅的地板上,把一大堆玩具放在孩子的身边,以吸引孩子的注意力。这样,她才能抽出时间来准备早点。她手忙脚乱地在厨房与客厅之间穿梭,终于把早餐摆上饭桌时,丈夫和4岁的女儿才磨蹭着来到餐桌前。

她抱过儿子,将他放在座椅上,让他自己吃好宝宝餐,自己才坐到餐桌前。此时,阳光已透过落地窗照进餐厅。初夏,绿意盎然,窗前的玫瑰正在轰轰烈烈地开放着。她望着窗外,默默地想:这些玫瑰是什么时候开的,我居然都没有注意到。

她曾经亲手栽下那些玫瑰的幼苗,此后一年年地看着它们长高长壮,开出各种颜色的玫瑰。每一年的花开都曾为她带来惊喜。有空的时候,她喜欢一边喝咖啡,一边坐在秋千椅上赏花闻香。当玫瑰的芳香,一丝一缕地沁入她的心脾,她能感觉到自己血液的欢唱。于是,她的心中很快就会长出很多朵玫瑰,与这园中的玫瑰连在一起,总会给她无限的愉悦。而今,玫瑰已经开得那么多,她却不知道是从什么时候开始的。看着眼前的早餐,她一点胃口都没有。

丈夫似乎根本没有看见一样,一边吃着油煎鸡蛋,一边说:"今天的鸡蛋怎么这么咸?你的盐不用花钱吗?"

她看了看他,到了嘴边的话终究没有说出来。最近,她时常这样,话能少说的,一个字也不想多说。她莫名地感觉到厌倦。到底是厌倦了生活,厌倦了丈夫,还是厌倦了自己的状态呢?她自己也说不清。

丈夫见她不说话,没好气地瞪了她一眼说:"你最近怎么回事？总是一脸丧气，一大早谁惹着你了？"

"没什么，我只是累了。"

她说得有气无力。

"累了？你又不用出去工作，不用像我一样天天在外边东奔西跑地应酬，你有什么可累的！你住着大房子，开着好车，不用为了几千块月薪在外面拼死拼活。你每天在家喝喝咖啡，带带孩子。多少人羡慕你还来不及呢，还一天到晚地喊累。"

丈夫的话，她听得多了，就觉得很反感。以前，她每次都会抢白他几句，并因此而发生争吵。现在，又听到相同的话，她没有说话与争辩的欲望。客厅的墙上，挂着一张大大的照片，照片上的女子英姿勃发，长裙飘逸，头发齐整，脸上闪着桃花般的光彩。那是多年前的自己。那时的她正经历着一场轰轰烈烈的爱情。当然，恋爱的对方并不是现在的丈夫。

丈夫见她不说话，也不再说下去，只有两个孩子不合时宜的说话声与咿呀之音。

丈夫上班顺带送女儿去幼儿园，她依然呆坐在桌前。直到孩子在高椅上再也坐不住，哭着将碗里的食物抓得乱七八糟，她才开始收拾残局。

一个上午，她一边陪孩子玩，一边楼上楼下地忙着收拾房间，洗衣服，在一楼与二楼之间不知道走了多少个来回。她每次走到客厅里都会看看自己那张大照片。她越看就越觉得不认识自己了。

有时候,她甚至怀疑,照片上那个优雅的女孩不是自己。

有时候,她又觉得现实生活中的也不是自己。

我把自己弄丢了。她最近经常这样想。

孩子的哭声再次响起来,她的思绪从照片上回到现实里,才觉察出孩子的哭声如撕裂了心肺,她很快辨识出哭声的来源在楼上。于是,她连滚带爬地到了楼上,发现儿子正在卧室的地板上躺着,她看到儿子的额头出了血。她颤抖着抱起孩子,发现他的额头不知怎么磕破了,血流了半边脸。孩子只会说简单的爸爸妈妈等,还不会描述。她抱着孩子,看到血还在流,她心里慌慌的。孩子的哭声一直没有停止,却越来越弱。

她打电话给丈夫,一边哭着告诉他说孩子摔伤了,一边问怎么办。

丈夫似乎在开车,他火气冲天地说:"你怎么搞的?那么大的人看个孩子都看不好,还不快点去看急诊!我告诉你,我儿子要是有什么意外,我饶不了你。"

丈夫恶狠狠、气呼呼地摔了电话。

她顾不上多想,抱着孩子下楼,开车就奔医院去。

儿子在路上睡着了,她的心悬到了空中。一路上,剧烈的心跳是她唯一能听到的声音。她不停地喊着儿子的名字，但是儿子都没有回应。即使是还不会说太多的话，孩子总是会在她说话时，咿呀地给予回应。

还好，经过一系列的检查，孩子除了皮外伤，并无大事。

她的心终于放到了肚子里，孩子似乎又回到了欢蹦乱跳的常态，用小手在她的脸上抓来抓去。她抱着孩子，将那双肉乎乎的小手握在自己的手心里，泪水不争气地淌下来，止也止不住。

此时此刻，她想起电话中丈夫的话，内心的火"腾"一下就燃烧起来。她看了看表，从早上6点起床到现在下午3点，9个小时的时间中，她能感觉到自己的生命在体内的消耗，她甚至听到了血管爆裂的声响。

小镇拐角的女人

我们将车停到房车公园，穿过小镇安静明朗的街道，来到一个面点店里。

在我转身的时候，我看到了那个女人，她身材苗条，穿着得体，金色的头发在夏风里荡漾，她一个人孤独地走过小镇的拐角处，正午的太阳将她的身影拉得修长。

面点店里挤满了排队等候的人。我嫌拥挤，转身出来，走到街对面的公园里。公园里的每张椅子上都坐满了人。我只好在一棵树下站住，树上拴了一匹棕黄色的高头大马，配着一副很闪亮的鞍子，旁边停着很多车，突然使我产生了恍如隔世的感觉。

"姑娘，你可以坐在这里。"

一个声音对我说。

我回过头，看到的正是一个老妇人，她望着我，指着她对面的椅子，向我点头。她不是刚才在拐角处消失的女人吗？对，正是她。她的脸上没有笑容，表情甚至有几分冷漠，但是她却在邀请我坐在她对面的长椅上。

我对她笑了笑，道谢后坐在她的对面。她的腰板挺得很直，身材保持得非常好，脸上的皮肤细腻光滑，跟这个年龄的许多人比起来，优雅与风度并存，完全可以用美来形容。只是，她的表情依然是冷漠的，再也不说话了。她的目光始终望着一个方向，目不转睛。我顺着她的目光望过去，除了一片草地和几棵大树，似乎也没有什么特别的东西了。于是，有点尴尬地收回目光，望着不远处树上拴着的那匹马。

"你喜欢马吗？"

她突然发话了，在如此安静的环境下吓了我一跳。

我说:"喜欢,我虽然不懂马,但是我知道这是一匹良马。"

"是的,你还是很有眼光的,这是我丈夫生前最喜欢的马,也是他留给我的唯一财产了。"

她幽幽的目光穿过小镇的天空,有些不知所措地说着这些话,像是对我说,又像是自言自语。

这样看来,她似乎刚刚失去了丈夫,也难怪她的目光是如此冷漠甚至绝望。

"你愿意不愿意听我讲讲我的故事?不,也许这对于你来说不算是故事,只是一个老女人的生活经历而已。可是我丈夫过世后,我在这里再也没有亲人了,我孤单地一个人在这里生活,虽然在这个地方生活了十多年,但是我没有朋友。能理解吗?"

我点点头。此时此刻,面对一个陌生的老人,什么样的语言都是多余的。她其实不过是在满足自己想倾诉的欲望罢了。

"20年前,我在伦敦的街头与我丈夫相遇,那时我是4个孩子的单身母亲,我因前夫外遇而离婚。我的工作是产品开发部部门经理,一年四季在世界各地跑,但是我的内心是寂寞的。被背叛的创伤和独自生活的沧桑使我陷入了抑郁症的深渊。我每天都在半夜的时候走出家门,在伦敦的大街上走来走去,我经常想自杀。而那个晚上,我陷入了最绝望的深渊,我冲着一辆小车就冲了过去。"

她停顿了一下说:"我以为我是必死无疑,但是我没有死。"

她又自顾自地讲起来:"开车的是个英俊的中年男人。他没有责备我,也没问我为什么,他将我带到他的车内,给了我很多鼓励,最后还把我送回了家。从此,这个从澳大利亚乡下来的男人闯进了我的生活。他说,他的前妻就是得抑郁症自杀的,他一直陷在深深的悔恨中,恨自己对妻子的关心太少了,没能及时挽救妻子的生命。

"我和他成了朋友,几个月后他说他爱上了我,问我是否可以跟他去澳洲。

"我们很快结了婚,我的4个孩子不愿意一起来澳洲,他们留在了伦敦。结婚后,我的抑郁症慢慢就有了好转,直至一年以后彻底消失。我的丈夫是一个出色的男人,为了我,他放弃了在伦敦的工作,因为我不喜欢待在墨尔本,我们又一起搬到了这个小镇。

"一晃20年,我没有回过伦敦,也从来没离开过澳洲,我跟着丈夫在澳洲过着田园生活。过去,我没觉得有什么不好,直到几个月之前,丈夫意外去世。的确是太意外了,他早上起来还好好的,中午就倒在了农场里,在马的身边永远地闭上了眼睛。

"我束手无措,我难以接受这样残酷的现实,可是我知道,他已经 70 岁了,这一天迟早会来。只是我还没有做好准备。"

她在讲述这些时,没有停下来,似乎也不想停下来。她看似平静,可是我知道她的内心在痛哭。在这几个月中,一个失去丈夫而又无任何亲人的女人,经历过怎样的煎熬!

她说:"你在旅行中。开心吗?"

我点头说是的,旅行总是愉快的。

她说:"旅行真好,过去我们总想等我们退休后开始周游澳洲,可农场里有很多的事情,永远也走不开,就在丈夫去世的前一周,我们刚决定要卖掉农场,之后一起回伦敦,去法国、俄罗斯,再周游澳洲,可这一切还没有开始就结束了……"

她的泪水终于忍不住,顺着脸颊滚落而下。

我不知道该如何安慰她,掏出纸巾递过去,她抽噎着,嘴里不停地说:"对不起,对不起,我真是太失态了。"

我只好静静地等她,我知道她需要哭一场,她需要释放出内心所有的压抑。

她终于安静了下来,脸上出现了一丝轻松。她说:"感谢你,听我说这些。"

我说:"现在你可以卖掉农场出去走走,可以回伦敦去看看你的孩子们,看看故乡。"

她起身说:"时间不早了,我得走了。"于是她走到那匹马的跟前,解开了缰绳。然后又走回到我跟前说:"回伦敦已经没有意义了,15年前我的前夫杀死了我的孩子们……"

说完,她牵着那匹高头大马,伴随着"嘎达嘎达"的马蹄声消失在小镇的街头。

马背上的少年

少年想逃走,他为此做了足足半年的准备。

阳光照在大地上,红土地便色彩缤纷起来。少年觉得自己的体温正在火速地上升,他的脸很烫。汗很快就淌下来。他用手胡乱地抹了一把,手上立刻如同被水浸过一样。黏糊糊,湿漉漉,他觉得自己的整个身体都被太阳烤得失去了知觉。

少年听到一声野马的嘶鸣,而后是逐渐清晰的马蹄踏在沙土上的声音。少年望着远方,在葱郁的树林里,在那树林中间的草地上,是野马的天堂。少年从小就爱马,每天都会从自己的家走到野马活动的区域。他第一次看到野马时,被眼前的景象惊呆了。他根本不知道,在离自己这么近的地方，竟然有如此多的野马。那些野马有黑色的，有棕色的，也有白色的，毛色光亮，身体高大而健硕。它们奔跑在草地上，它们驰骋在树林之间，或三五成群，或成双成对。少年抬头看看天，那时的太阳正在头顶上，明晃晃地照着。光线在树叶之间，在马与马之间，在树与草之间来回跳跃，形成了一道道斑驳、灿烂而又奇特的光景。

那一瞬间，少年的心立刻就灿烂起来。

少年又回头看看自己的家，不由得有些伤心。

这时，一辆越野车，停在了离他十几米的土石路边。很快，车上走下一个身体高大的中年人。他冲少年招招手，用典型的澳大利亚口音说："小伙子，你好。这里离加油站多远？"

中年人一边说，一边朝他走过来。少年用手指了指西边，说："在那个路口的拐角处，我不知道究竟有多远，要是我走，我想我会走几个小时才能到那里呢！也许会走一天也说不好，总之，我不知道。"

中年人的脸上浮现出一缕忧虑，说："哦，真糟糕，我的车要没有油了。"

中年人坐在地上，很沮丧地摇头叹息。

少年问："你要去哪里？"

中年人说："我要穿过中部沙漠，到达尔文去，我边走边看，游玩而已。你，你怎么一个人在这里？"

少年说:"我的家在这里。"

中年人说:"那么你的家人呢?你爸爸妈妈呢?他们有车吧?他们有没有多余的汽油?"

中年人的目光满含期待。

少年说:"我们家没有汽车。"

中年人惊讶地说:"没有汽车?那你们不出去吗?你们不去购物买食品吗?"

少年说:"我们住在山洞里,我们在森林里会找到需要的食物,我们不需要出去。"

中年人仔细地看看少年的脸,说:"对对,我忘记了,你是原住民,这是你们传统的生活方式。可是,外边的世界很大很精彩,你还这么小,难道你还要继续像你的祖父辈一样,在山洞里过完一辈子吗?你真的不想出去吗?"

中年人看着他,一脸不解。

中年人说了再见,一边坐上车,又摇下车窗探出头对他说:"我要去看更美的世界了,年轻人。"然后,车"呼"一下开出很远。少年望着车瞬间就消失了,他觉得似乎失去了什么。他跑到树林中的野马中间,那匹枣红色的野马看到他,"嗒嗒嗒"地走过来,用头蹭了蹭他的脸。少年将脸贴在枣红马的脸上,他的泪水很快就渗进了马那光亮的鬃毛里。

枣红马安静地任凭少年的泪水,在它的脸上泛滥成灾。

几声清脆的鸟鸣滑过天际,少年拍拍马,一跃而起跳到了马背上。

枣红马一声长鸣,带着少年朝红土地奔驰。

少年的眼前浮现出很多画面:他从出生就一直居住的山洞,除了黑白似乎没有光阴概念,有父母,和他的一大群兄弟姐妹。他们每天就像生长在这山林中的树木、野草和各种小动物一般,生活得很原始。少年记得有几次,有人来建议他们去更方便一些的村庄住,他们说那里有学校、孩子们可以上学,有超市,有加油站,有医院等等,少年听得津津有味,但是父母却一口拒绝了。父母说:"不去,这山林就是我们的家、我们的世界,我们的祖祖辈辈都在这里生活,已经生活了几万年了,为什么要离开呢?"

少年望着父亲那张黑黝黝的脸,那一头卷在一起的乱糟糟的头发,又看看母亲,母亲的头发也打着卷,黏糊糊地披散在头上。少年很迷茫,少年就想,一定要离开这个地方。

少年爱山林、树木、野马与草原。

但是,少年对外边世界的向往,也如野草一般在心头滋生、疯长。

枣红马奔驰在草原,又来到红土地上,一直向南而去。少年骑在马背上,思绪随着马蹄声飞得越来越远。

那天,少年很晚才回到山林,回到山洞里,他看到一家人已经横躺竖卧地在山洞里睡着了。少年却睡不着,他不知道中年人是否找到了加油站,他在想外边世界到底是什么样的。那一夜,少年睁着双眼,一直到洞外射进丝丝缕缕的光。

天亮后,少年离开了山洞,离开了山林。

少年骑上枣红马,一路向南。枣红马送了他一程又一程,少年终于来到一条宽阔的马路上。他眼中的世界瞬间就打开了一扇全新的窗。

少年历经磨难,彻底走出了山洞,来到了墨尔本。在这个他做梦也想象不出来颜色的城市里,开启了另一段旅程。

20年后,那个马背上的少年在墨尔本活出了一片新天地,娶妻生子,住起了别墅。偶尔,与妻子、儿女讲起山林里的时光,他总是能听到一阵"嗒嗒嗒"的马蹄声在耳边响起。

儿子说:"爸爸,你小时候的生活可真幸福啊!"

已过中年的他一愣,问:"为什么?"

儿子说:"山林里多自由,想干什么就干什么,有树有鸟有草原,有各种动物,还有那么多野马,你为什么要跑出来呢?"

儿子满脸的羡慕。

他一愣,耳边再次响起"嗒嗒嗒"的马蹄声,仿佛那匹枣红马正在向自己奔驰而来。

爱无距离

墨尔本的夏日,阳光火辣辣地在眼前晃。他的心情也跟天气一样。随着春节的临近,新型冠状病毒肺炎的新闻似乎一夜之间,就开始在各大媒体上铺天盖地地传来。他的心开始一天比一天沉重,赶在除夕早上回到家乡武汉的计划,封城的消息传来时,母亲的呼叫也响起来。

"儿子,你就不要带琳达在封城前回来了。疫情过后,妈一定给你们两人举办一个隆重的婚礼。"

母亲说完,忍不住咳嗽起来,她赶紧转过脸去。

"妈,你这是怎么了?你没事儿吧?"

他内心一紧,盯着视频中的母亲,她的脸色苍白而憔悴。

"妈没事儿,天冷,有点着凉。你放心吧!你和琳达好好的,一定要好好的!记住了,妈可再也受不了别的打击了。快过年了,我还有好些事儿呢,先不说了。"

说完,母亲并不等他回答,急急地掐断了视频。

他呆呆地捧着手机,心突突地加剧了跳动。转念一想,母亲已经退休,又跟80岁的外婆相依为命,平时很少出门,应该不会有事。

这些天,为了早点赶回国跟母亲团聚,他一直早出晚归地安排公司里的工作,给亲朋好友准备各种各样的礼物。未婚妻琳达是一位漂亮而淳朴的澳大利亚姑娘。他们是墨尔本皇家理工学院的同学,毕业后,两个人一起成立了一家外贸公司,他们早就准备这次回国正式拜见母亲与外婆。为此,琳达又紧张又兴奋,天天跑东跑西地找澳洲的特色礼品。

"那我们怎么办呢?"

琳达眨着一双大眼睛,用手将额前的头发向后拢了一下,看着他,一副失望的表情。

他急切地在手机上翻阅着最新的消息,各种关于新冠肺炎的新闻铺天盖地在手机屏幕上跳跃。当他还是一个14岁的中学生时,就失去了父亲。那一年是2003年,一场"非典"疫情在全国范围内肆虐。作为医生的父亲,因在工作中感染而去世,从此彻底改变了他们一家人的命运。这些年,他和母亲最不愿意看到的就是"肺炎"这样的字眼,那是一种别人理解不了的痛。

口罩短缺,防护服短缺,他看到这样的信息,脑海中突然闪出了一个念头,于是跟琳达商量,琳达说:"这是个好主意。正好,我爸爸的一个朋友就认识这方面的人,我马上就去跟他说。"

琳达说完,抱住他说:"亲爱的,你不要急,我一定会帮助你的,我们一起为你的家乡武汉加油!"

琳达急匆匆地走后,他首先在自己的朋友圈发起倡议:要为家乡的医院捐助口罩、防护服等医疗物资。令他没有想到的是,这个倡议很快就得到了朋友们的响应与转发。消息在同乡会、同学会等群里扩散后,得到的支持越来越多,每个群里都有人主动负责接龙。捐款很快就达到了3万多澳元,他与琳达又捐了2万澳元,在其他三个同胞的帮助下,开始一起为购买口罩、防护服等东奔西跑。

谁也不会想到,此时此刻,口罩早成了畅销品,各大药店均已脱销。几个人在40度的高温下,跑遍了墨尔本各个公司、药店。

他一边开车一边跟母亲视频,母亲说:"儿子,谢谢你们!真希望你们能早点把口罩与防护服运过来啊,尽管到处都在调集医疗物资,可依然很缺。医护人员冒着生命的危险工作,让人心疼啊!你爸爸当年要不是被感染,也不会……"

母亲说着,又忍不住落泪。

"妈,您放心吧!外婆好吗?怎么好几天没见着她了?"

他强忍泪水,却不见外婆的身影,以前每次视频,外婆都会出现在眼前问长问短的。

母亲说:"你外婆啊,啊,她刚刚睡着,这几天,我们也不能出门,她不是看电视就是睡觉,刚刚说累了,就回屋休息了。放心吧,我们都没事,你照顾好自己我们就放心了。你好好开车吧,有空再说话。"

母亲这些天总是匆忙地挂他的视频,以前他经常觉得母亲说起来没完没了,好像许多重复的话永远也说不完。可是这些天,母亲总是几句话后就挂断。他无奈地摇头自语:"哎,这病毒闹的,连我妈都失去耐心了。"

很快就到了琳达的家,琳达与父母正在等着他。

琳达的父亲说:"你们不要急,我再想想办法,在这样的时刻,我想大家都会帮忙的。"

说完,他走到院子里去打电话。

他与琳达则在客厅里,焦虑不安地等待着。

经过多方联络,琳达的父亲通过朋友,在新西兰与泰国分别预定了一批口罩与防护服。琳达的父亲说:"你们必须有一个准确的接收地址,这样他们就可以将物资直接运到中国去。由于武汉机场停运,只好先运到成都,然后再想办法运到武汉来。"

几个同胞中正好有四川的朋友,通过多方求助与协调,成都的志愿者负责接收与转运。因此,价值6万多澳元的口罩与防护服分别从新西兰与泰国空运到成都。

大年初六的凌晨,朋友在武汉传来信息:口罩和防护服都已经顺利送到医护人员手里。同时,朋友还通过微信发来几张照片,他这才松了口气。

当他将这消息告诉母亲时,母亲哭了。她说:"年前,你外婆因为感冒去医院打点滴,不小心被传染上了冠状病毒,一直高烧不退,呼吸困难,她年龄又大,前天已经走了。那些天,虽然她每天都喘着气念叨着说:'我还想参加我外孙的婚礼,我还想看我那洋孙媳妇,我还想抱重外孙呢,可是我,我等不到了!'她还把一只玉镯留给了琳达。她知道你在国外也在奔波,为抗击疫情尽一己之力,她不让我告诉你……"

母亲早已在电话那边哭得泣不成声,他的眼泪无声无息地流,喊着:"外婆,不是说好了您要看着我结婚生子的吗?"

玉凤凰

彼得决定去看望卢卡斯时,是一个晚春的下午,窗前的花正在随风飘香。这将是母亲去世3年之后与卢卡斯的第一次相见,他忐忑不安。

彼得的父亲是中国人,母亲是德国人。据说,父母亲当年是在船上认识的。二战刚刚结束不久,世界经济一片萧条。卢卡斯的父亲是犹太人,在二战时被杀害。母亲艾莉娜带着6岁的卢卡斯死里逃生。他们东奔西跑,过着颠沛流离的生活,直到后来在朋友的帮助下,母亲才带着6岁的卢卡斯坐上了从德国开往澳大利亚的船,去寻求一条生路。

在漫漫的大海航行中,卢卡斯生病了,已经到了奄奄一息的程度。艾莉娜每日抱着儿子,眼见他消瘦、枯萎却丝毫没有办法。一次偶然的机会,一个穿长衫的中国青年看到了生病的卢卡斯,在经过艾莉娜同意之后,他居然用一根长长的银针,扎进他的头部从而让他醒过来了。那个中国青年叫邢林。

于是,26岁的艾莉娜对中国青年邢林由最初的感激到爱慕,在船到达澳洲以后,两个人就走到了一起。

邢林就是彼得的父亲,一个出色的中医。彼得出生的时候,卢卡斯已经8岁了,他长着一头棕色卷发,蓝色的眼睛,是个英俊的男孩,但是他沉默寡言,经常一周也听不到他说一个字。彼得的记忆中最深刻的就是:卢卡斯一个人蹲在后院的草地上,有时候对着一棵树,有时候对着树枝上跳跃的小鸟。在他的眼睛里看不到特别的光芒,他时常一坐就是一个下午。母亲艾莉娜总是望着卢卡斯的背影流泪说:"这孩子,是想爸爸了。"

父亲总是默默地拍拍母亲的肩说:"放心吧,卢卡斯会慢慢快乐起来的,他需要时间,我们需要耐心。"

父亲是个善良的人,对待卢卡斯视如己出。尽管如此,彼得却感受不到卢卡斯的感激。卢卡斯如同一个无法感知温度的孩子,在周围人都围着他、保护着他,尽力给他温暖的时候,他毫无表现。

也许因为卢卡斯的性格,彼得一直没能跟他近起来。10岁那年,卢卡斯已经18岁,他们都需要校服,而父母的钱只够买一套校服,结果父亲居然只给卢卡斯买了新校服,让彼得穿卢卡斯穿过的校服。卢卡斯的校服上有好几个小洞,尽管母亲做了精心缝补,他穿在身上还是感觉别扭。因此,彼得看到卢卡斯穿着崭新而明亮的校服,在他眼前走来走去的时候,他都想一拳打在他脸上,最好打得他鼻青脸肿,打得他满地找牙。

彼得觉得父母什么都先想着卢卡斯,好像自己不是他们亲生的一样,父母对卢卡斯越好,他就越恨卢卡斯。因此,彼得跟卢卡斯的隔阂也越来越深。

也就是那一年的年底,卢卡斯过完了18岁的生日。按照西方人的习惯,从家里搬了出去。从此,彼得逐渐抹掉了卢卡斯在这个家里生活过的痕迹。他不喜欢看卢卡斯,因为每次看到他,都感觉如大山压下来,令他窒息。看到他,父母的眼神都会露出一丝痛苦,尤其是母亲,经常暗自落泪说:"可怜的卢卡斯,他这辈子就这样了吗?"

彼得不喜欢看父母难过，他也试图帮助卢卡斯，让他快乐起来，可是都失败了。他们最终发展到了不相往来的地步。今天，若不是为了找回自己的祖传玉凤凰，彼得依然不想见他。

父亲在世时曾经多次将玉凤凰拿给彼得看。彼得对此印象深刻，父亲每次都是小心翼翼地双手捧着玉凤凰，生怕摔着。父亲的脸上呈现出庄重而神圣的神情。玉凤凰色泽翠绿，在光线下一照，通透、晶莹。上边刻着一只凤凰，看起来活灵活现，连眼睛的灵动与翅膀的纹理都如同要飞起来一般，形象得令人不敢相信。父亲生前一直将此物带在身上，视若珍宝。父亲说过，这是他们家的祖传之物，将来要带着这物件回国认祖归宗的。可是父亲命短，还在80年代就去世了。父亲去世以后，玉凤凰本该传给自己的，可不知为什么，母亲却将玉凤凰给了卢卡斯。

为此，彼得耿耿于怀。他想起父亲对自己回国要认祖归宗的期待，可是没有玉凤凰，他又怎么能回去呢？思来想去，他只有找卢卡斯要回玉凤凰。

卢卡斯很快就前来开了门，仔细地看了看他，沉默几秒钟才发出一句话："请进吧！"彼得默默地跟着卢卡斯走进房子，他看到卢卡斯的背有点驼，头发居然脱落得稀疏花白了。他头脑里开始闪现出卢卡斯幼年时坐在树下孤单的身影，心里涌出一股说不出的酸楚。

卢卡斯给他冲了一杯咖啡，然后才在他对面的沙发上坐下。兄弟俩相互看着沉默了一会儿，卢卡斯就起身到房间里去了。过一会儿，他步履有点摇晃，手里多了一个首饰盒。他小心翼翼地将首饰盒推到彼得的身边说："这是你的玉凤凰。"

彼得惊讶地张大了嘴巴。他一直担心，该如何开口要回玉凤凰，没想到卢卡斯竟然主动交了出来。

卢卡斯说："母亲临终前把这个给了我，让我替你保管，说这个对你非常重要。她其实是希望我们能像真正的兄弟那样相处，她说有了玉凤凰，你才会来找我，我们才有和解的机会。其实，我等你很久了，如果你愿意，我们周末一起去看看父母，然后我陪你一起去中国寻找亲人。"

彼得一句话也没有说出来，他捧着玉凤凰，像个孩子一样哭了。

对面的碗

坐在餐桌前，面前又是已经盛满米饭的碗。碗面上是一只腾飞的金色凤凰，碗的边缘是一圈金色，与凤凰交相辉映。骨瓷，薄，剔透，泛着凝白的光芒。小路看了好一会儿,她从来没有见过如此精致的碗。

老人将一块牛肉放到小路的碗里:"你尝尝,这是我文火三个小时炖出来的。"

老人的话听起来漫不经心,似解释,又似自言自语。

小路的眼睛湿润了。她想起已经过世的母亲。母亲短暂的一生,都在与贫穷与命运抗争。还没能等到小路大学毕业,母亲就永远地走了。那一天,寒风凛冽,看着被病魔折磨得已经走形的母亲,躺在灵棚之下显得愈加瘦小。她扑在母亲身上,握着母亲早就冰凉的手,心如刀割,泪如泉涌。她曾经答应过带母亲去看天安门,去看长城的,那一时刻,小路才深刻地感受到"子欲养而亲不待"的痛与悔。

小路与老人相识于偶然。那天,她到这座楼里看房子因租金太高而放弃。高楼之外的天空,秋阳浓厚地飘散在窗外。落叶纷纷扬扬地在有限的楼距间飘荡。小路想起家与父母,想到在都市里打拼的艰辛,不由落泪。

老人就是在那个时刻出现的。她穿着考究、面容慈祥。在听到小路要租房的时候,她笑着说:"要不,你看看我那房子是否满意?"

说罢,老人并不等小路的回答,径直走向电梯对面的门。那扇深棕色的门一打开,房子内部就展现在小路的眼里了。她一看,刚迈进的一条腿又缩回来,很不好意思地对老人说:"阿姨,我还是不看了。我,租不起。"

老人一把拉住她的胳膊:"先进来看看吧!"

房子是中式风格,含蓄婉约中透着特有的美感。墙上挂着山水画,客厅的博古架上,摆满了各式各样的碗。美术系毕业的她,非常喜欢这样的风格与氛围。

可是越看就越觉得是在做梦。

老人说:"两个房间,一个朝南,一个向北。你随便选择,价格都是一个月600元。"

小路有点不敢相信自己的耳朵,这可是黄金地段啊!

老人笑着说:"价格便宜是因为我有要求,你每天下班回来都得帮我带一瓶牛奶。"

小路听后,感激地说了无数声"谢谢阿姨"!

搬入的第二天下班,小路发现老人坐在餐桌前,对面摆放着一只盛满米饭的碗。老人不经意地说:"我的朋友原本要过来吃饭,结果临时有事来不了。要不,一起吃?"

小路不好推辞。闲聊中,她得知,老人退休前是美术学院教授,老伴早在十多年前就病逝了。女儿已定居加拿大多年;对儿子,老人却一带而过。此后,小路注意到,每次谈到儿子,老人的脸上都会掠过一丝不易觉察的表情。

小路不好问,她总是尽力地多做些事。除了每天回来帮老人带牛奶外,还非常勤快地打扫厨房与客厅的卫生、倒垃圾;入睡前检查家里的门窗与厨房里的水电、煤气等。

老人总是对小路笑笑，很优雅地说着谢谢。

时光如沙，在指间无声地滑落。一晃，小路已经在老人家里租住半年了。

因为忙，她下班的时间并不固定，跟老人的交流也很少。可每次到家，她都会发现老人坐在餐桌前，就像专门在等她一样。小路注意到自己面前的那只碗，每次都不一样：凤凰、孔雀、玫瑰花、梅花、睡莲、绿竹、菊花，精致考究，又颇有情趣。若不是亲眼所见，她根本不相信这是一个70岁的老人所为。老人似乎看出了小路的疑惑，笑呵呵地说："我那些学生和朋友都很有个性，喜欢用不同的碗吃饭。"

小路听后，虽依旧不解，但并没有太多地放在心上。

最近，小路时常出差，她已经很久没有与老人共进晚餐了。这天，她出差回来是下午三点多。进门后，却听到了老人房间里传出的抽泣声，那声音里夹杂着刻意压抑的悲凉。她一惊，老人低吟的哭诉声声传来："老伴啊，你在那边还好吗？要不是等林子出狱，我真想快点去找你啊！你倒是一了百了了，留下我一个人青灯孤影相伴。我做梦都怀念一家人在一起吃饭的情景，哪怕一句话也不说，心里也会觉得有家、有人的温暖。我每天看着对面那只饭碗，都觉得是你或者孩子坐在那里跟我一起吃饭一样。房子越大，内心越是空落落的。老头子啊，我就被这个豪华的笼子圈住了,没什么事儿,我就该早点死了去找你。可我又担心自己走了,林子出来后就没有家、没有妈了……"

小路震惊,她转身悄然地退出房门,坐在与老人相遇的楼梯口,心情异常沉重,情不自禁地给远在大别山的父亲打了一个电话。直到华灯初上,她才进了门。她发现老人已经坐在餐桌前,表情凄凉。

"阿姨,我想跟您商量件事儿。"

老人抬头看着她:"你……要搬走?"

"不是,我很喜欢您做的菜,更享受跟您一起吃饭的感觉,就像跟妈妈一起一样,温暖、安全。我妈妈已经去世5年了,我每天晚上都能梦到她。我曾经有过很多计划,等自己赚钱了就带母亲去她一直想去的北京,去看看大海,可是她没能给我这个机会。见到您,我觉得很亲切,我想像对母亲那样,有时间能陪陪您,以弥补我自己的缺憾。不知道您……"

话还没有说完,老人颤抖着站起来,双手把她搂进怀里,泪水长流:"孩子,谢谢你!谢谢你!"

买鲜花的老人

老人穿着单薄的衣服，在瑟瑟寒风中，更显得多了几分孤单。

熙熙攘攘的人群，来来往往的车辆在他的身边穿行而过。风吹在身上，愈加寒凉。老人望向街角，那家花店"爱永远"几个字依然在鲜花的簇拥下，绽放着光彩。

他移动脚步，用手按了按口袋，安心地笑了。

花店里很安静，卖花的女子，眼睛正一眨不眨地盯着屏幕。见有人推门进来，她抬头，看到了老人。她在手机的屏幕上按了暂停，对着老人说："大爷，您来了？"

老人来到女子的面前，抬起了头说："姑娘，是我，按照老规矩，给我包一束花。嗯，还是要玫红色的包装纸，紫色的丝带。"

卖花女子立刻笑了，她热情地将老人让到一把椅子上，又回身倒了一杯热水递过来说："大爷，这离大娘的生日还有一个礼拜呢，我今天早上还想着您肯定是下周才来。怎么这么早啊？"

老人落寞地笑了笑："哎，都一年没有去见她了，想去跟她说说话，就提前来了。你看看我，今年都85岁了，说不定哪天一闭眼就再也睁不开了……"

老人叹了口气,脸上是满满的伤感。

女子认真地挑拣、包装鲜花,很快那些被她选出的鲜花就成了站在玫红色包装纸中、打着紫色蝴蝶结的花束。女子将鲜花捧到老人面前,郑重地说:"大爷,给!"

老人将包裹里的钱给女子,女子又推给老人说:"大爷,不收钱。"

"那不行。"老人又递过来。

女子抽出10块钱说:"今年鲜花产量大,跟白菜一样便宜。"

老人感激地鞠了一个躬,颤悠悠地走出了门。

女子潸然泪下,这是老人第七年带着鲜花去墓地陪他去世七年的妻子过生日。

龙凤花瓶

墨尔本的冬,多半时间都在与各种大雨、小雨纠缠不清。我走在清冷的街道上,细雨轻落在身。怀着一种期待与兴奋交织的心情,顺着手机地图的箭头指引,快步朝着那间我找了很久的古董店而去。

店铺不大,装饰就和所卖的东西一样陈旧,空气里飘散着旧光阴的味道。货架上,中国瓷器、印度银器、欧美艺术品等等摆得满满当当。我一眼就看到了摆在架子中间的花瓶,那个我魂牵梦绕的花瓶。

我走过去,轻轻地捧在手里,瓶身是大红色的,上边是一条金色的龙,那条龙,就像从远古时代穿越而来,卧在花瓶的中央,头高高地抬起,眼睛熠熠生辉。龙身则是蜿蜒向前的姿势,充满一种不屈的精神。瓶颈处盘绕着一圈金色的花纹。我惊呆了,这完全是我内心中理想的花瓶该有的样子,它就如是依照我心中的模子做出来的,令人爱不释手。

"你喜欢它!"

老板安德斯走过来,笑呵呵地对我说。我之前跟他在电话里关于这只花瓶有过一次交流,并约好今天过来看。所以一介绍,彼此就已然是熟人了。他替我将花瓶捧到前台,轻轻地放在收款台上。他一边找合适尺寸的盒子,一边介绍花瓶的来历。他说,他是在淘金小城本迪戈的市场上买到的,卖主是个老人,他的祖上来自中国广东,在1846年来到澳洲,后来就在此扎根了。老人已经年过80,马上就要进入养老院,将家中东西进行了处理,这只花瓶才落到安德斯的手中。

"老板,我在你们的网站上看到一只红色的带有龙的花瓶，能带我看看吗？"

这时，一个老人走过来问。他的目光突然就落在安德斯正在拿起的花瓶上，于是，他的脸上立刻充满意外与惊喜的表情。他说："好像就是这只花瓶，对，就是这只。多少钱？"

安德斯还是乐呵呵地说："老先生，对不起，这个花瓶已经被这位女士买下了，您来晚了一步。店里有很多花瓶，您挑选一下别的吧！"

老人的脸"唰"一下僵住了，他的目光依然在花瓶上打量着。

"我可以看一下吗？"

他看着我问，目光中带着恳求，那表情令人不忍心拒绝。

在得到我的同意后，他走到花瓶面前，双手捧起花瓶，上下左右，里里外外地看了一遍。最后，老人的手，在那条龙上抚摸着，说："太像了，完全是一样的。"

安德斯和我都有些不解地望着老人。他转身对我说："姑娘，我有一个请求，你能否把花瓶转卖给我？我愿意补偿你双倍的价格。"

为了这只花瓶，我可是找了很久，它虽然不是无价之宝，但于我的意义绝不是花瓶本身的价格。我毫不犹豫地摇头说："很抱歉，我不能转卖。这只花瓶我也是经过千辛万苦才找到的。"

老人还是不死心,他似乎下定了决心,对我说:"那么我出4倍的价格怎么样?老板,你卖给她多少钱?或者,姑娘,请你开个价,只要我能够承受得起,我都愿意。"

我还是摇头说:"抱歉,与价格无关,我不能卖。"

安德斯表情疑惑地劝老人说:"老先生,您就看看别的吧,这位姑娘在电话里就已经预定过了。"

我交了钱,提着被老板包装好的花瓶向外走。那位老人一直站在旁边,失望地望着我。那目光让我的心有点说不出缘由地痛了一下,我回头对他怀着歉意说:"对不起!"

外边的雨,依然纷纷扬扬地下着。打在身上,丝丝缕缕的寒意迎面而来。

"姑娘,请你等一下!"

我回头,看到那个老人已经蹒跚着向我走来,他那肥大的裤子在雨点的冲击下,发出"噗噗噗"的响声。面对这个老人,我有点不知所措,就那样愣愣地看着他一步步走近。

"真是不好意思,姑娘,我知道你已经买下这个花瓶了,你一定是特别喜欢它。你们中国人有句话叫'君子不夺人所爱',我本不应该张口的,我为自己刚才的鲁莽向你道歉。"

我摇头说："没关系。祝您快乐！"

我打开车门，正准备将装着花瓶的盒子放进去，他的声音又在身后响起。

"我们家曾经有一对这样的花瓶，现在只剩下了一只。我妻子为此一直很难过，很自责。我曾经答应她一定要把这花瓶找回来，可我几乎找遍了墨尔本所有的店，昨天晚上才看到这只相近的花瓶，谁知还是晚了一步。现在，我妻子处于昏迷状态，她也许再也醒不过来了。我不想让她带着遗憾离开，能借用一下你的花瓶吗？"

听他说完，我无论如何也无法拒绝这样的要求。一路上，老人给我讲了关于他们的故事。老人介绍说，他的父母曾经是传教士，他在3岁便跟着父母到了北京生活。1940年代，兵荒马乱。他的妻子是中国人，他们因一对花瓶相识、相恋而牵手，生活幸福美满。

16岁那一年，他再次跟随做牧师的父母从北京搬到四川。一次在大街上，他见到一个衣衫褴褛的女孩，手里紧紧地抱着一个包裹。她的脸上布满了恐惧，向他投来求助的目光。后来，那个女孩成为他的妻子。而妻子拼尽全力保护的包裹里，就是那一对花瓶。自此后，花瓶跟随着他们四处漂泊。几年前，他们的一双儿女在一起车祸中丧生，给了两位老人沉重的打击。两年前，他又不小心打碎了花瓶，妻子非常伤心，之后就一病不起。

老旧的木房，踩到地板上，发出"吱呀吱呀"的响声。他的妻子躺在床上，脸色苍白，只有胸前那微弱的呼吸，证明她还活着。

"亲爱的，你看，我们的花瓶找回来了！你快看，你快看啊！"

老人急切地呼唤着，他接过我递过去的花瓶，捧到妻子的眼前。

只见，他的妻子慢慢地睁开了眼睛，在看到花瓶时，浑浊的目光里闪出了一道亮光："花瓶，花瓶……"

她哆哆嗦嗦地伸出右手，在花瓶的那条龙上抚摸，呼吸开始急促。

她的右手渐渐地耷拉下来……

老人握住她的手，眼泪不断地向下落。这情景令我心里一阵发酸。泪水忍不住流下来。

老人站起身，擦着泪说："姑娘……"

老人转身，在房间里拿出了一个花瓶，几乎与我买到的完全一样，只是那只花瓶的瓶身上，是一只展翅的凤凰。他将两只花瓶放到一起说："这是一对，她走了，我很快也会去找她了，这花瓶就送给你吧！希望它能把我们一生的幸福、快乐与希望都带给你。祝你幸福！"

七彩屋顶

我就那样看着你倒在阳光照耀的屋顶上,那里一半是灰色的瓦,而另一半则色彩缤纷。你躺在那五颜六色的屋顶上,身子很快就弯成一只大虾状。我知道,你受伤了!

那一时刻,我伸出了双手,我很想像以前一样,抓住你的手,可我的双手在空中急切地摆了半天,却连空气也没有抓住。我就那样眼睁睁地看着你渐渐地摔倒了。你的身体如同一道弧线,在充足的光线下慢慢地划了一下,然后倒下去。你拼命地用双手抓住瓦片,才没有滚下去。

快,快点救命啊,来救救他啊!亲爱的,你要挺住啊,你一定要挺住!

我企图用我所有的力量喊出来,我想把周围的人都喊出来帮助你,可是我拼命地发出声响,却怎么也喊不出来。见鬼,为什么不能帮帮我呢?还好,这个时候,我看到你掏出手机,随后就听到你用微弱的声音叫警察。

才几分钟的时间,警察来了,急救车也来了,他们很快就将你抬下来,放到急救车上,然后医生给你做了简单的检查,就开走了。我突然感动于你当初的明智来。当时你指着这套房子说:这里离医院近,医疗条件好。你身体不好，我们得为以后考虑。这里周边的路况也很简单，即使迷路了，也一定会很容易找到的。

这两个方面都是为我考虑的。你知道在我靓丽的外表下，其实身体的内在都被从小到大的疾病瓦解得七零八落，身体的各个零件均受损，谁知道哪天就散架了呢！你总是比我想得深远。就是这样，我们才下决心买下这套房子。有多少次，在身体的各种疼痛中醒来，你急急地将我抱上车，直奔医院。因为有你，我一次次地被医院从死神的手里抢回了生命。每一次睁开眼睛，就会看到你焦急的眼神，在看到我的一刹那，你会紧紧地抓住我的手说：上天保佑，你终于醒了。你用一双大手在我的脸上抚摸，你熟悉的温暖瞬间传遍全身，我看到了你用爱带给我的力量，那股力量虽然无声无息，我却时刻感受到你的存在。

医院里那些急救室的护士与医生换了一拨又一拨，但是他们每个人都记住了我们。确切地说，他们记住了你。以前都是你一次又一次地陪着我进入到急救室，而这一次被推进去的却是你。

急诊室的门一下关了，红色的灯一闪一闪地晃眼，晃得许多人不敢看，晃得人心恐慌难耐。经常有这样的画面：进去的还是一个有温度的人，当门再一次打开之后却变成了噩耗。许多夫妻、朋友、父母家人，就在这扇门的一开一关中，阴阳两隔。而此时此刻，我的心里如同几只小鹿在剧烈地跳动，从前的那么多次，你看着我一次次地被推进这扇门，内心该是怎样的纠结与忧虑。我就那样远远地看着，你脸色惨白。你依然对那些推着你的护士说：谢谢你们！

我大声地哭喊着，我想上去给你一个拥抱，就像你从前对待我那样，轻轻地说：亲爱的，不要怕，你没事，我们的好生活还在后头呢！可是，你听不到，我的声音那么大，我似乎听到了自己胸腔的爆裂声，但是，你听不到。

过了很长的时间，你终于出来，你惨白的脸，在医院的灯光下，显得愈加白，愈加没有血色。你笑着，对抢救你的医生，对为你服务的护士说着谢谢。医生与护士都对你伸出了大拇指说：你是最好的丈夫，你是最勇敢的男人。

安德鲁医生问：为什么要把房顶涂成彩色呢？你要知道，这个工作对你的年纪实在太危险了，你不该一个人去做这样的工作！你就算是要把房顶刷成彩色，也不该自己去做啊，你可以请个油漆工来帮助你！

你依然笑，我想起来了，你总是笑的，你笑得一直是这样温暖、真诚而天真。你的笑就跟你的心一样，虽然你已经80岁了，可是你的心依然跟孩子一般，纯净得像一块玉。

你说：我们家的房顶很多年都没有刷过了，看起来灰突突的没有一点生机。我的妻子是一个爱迷路的人，以前都是我跟她在一起,我就是她的地图。她走的时候,曾经跟我说:我就这样一个人先走了,心里很害怕,担心以后找不到咱们的家了,如果我迷路了,还怎么回来看咱们的家,来看你呢?她当时伤心得哭,眼泪都流干了,后来我答应她,我一定把我们家的房顶涂成七彩的颜色。你知道,还没有任何一座房子的屋顶是彩色的,只要我把我们家的房顶刷成七彩的颜色,我的妻子就能很容易地找到,那样她就不会迷路了!

安德鲁医生听着,眼角落下泪,他抓住你的手,悲伤地说:愿上帝保佑你!而我,只能在你看不见的地方,一遍遍地唤着你的名字。

请你嫁给我

病房里很安静,他睁开眼睛,看到的是满地斑斓的阳光,从百叶窗的缝隙间洒进来,纯白色的病房瞬间布满了金色的光辉。

他走到窗前,"哗啦"一声拉开了百叶窗,窗外的玫瑰花上落着珍珠一般的露珠,闪着光。玫瑰花上,蜂拥蝶涌,舞成了一首天然交响乐。他目不转睛地看着,嘴角露出了几分孩子般的笑容。阳光照在他染霜的鬓角，几道深深浅浅的皱纹却将他的脸映出了更深的透彻来。

"早安！"

护士走进来，对着他问好，他有点茫然地望着她，礼貌地回："早安，漂亮的姑娘，请问你叫什么名字？我又是在哪里？"

护士对他一笑："我叫安娜，安德鲁先生。这是医院，您需要好好地休息一段时间。"

他没有回答，望着病房里的一切，很快就把目光移开，移到了窗外的玫瑰花上。

他的脑子里似乎并没有过多的记忆，每天他都在努力地回想，很想突然想起点什么来。遗憾的是，他什么也想不起来了。他人生的记忆如同一条小溪，流着流着就在某个阶段失去了方向，再也寻不到踪迹。

他只记得每天到病房里来的那个女人，但是他总是记不起她的名字。她有着一头金色的头发，在他的记忆中，她总是穿着一条红色的裙子，喜欢在头上戴一朵花——白色的玫瑰花。她总是很有耐心地跟他说话，她一来就陪着他到院子里的花坛边看花——确切地说是看玫瑰花。他每次看到花都会格外兴奋地说："这花真漂亮啊！叫什么花呢？"

"玫瑰花。"

她每次都这样回答。

哦，玫瑰花，对，玫瑰花。这是一种多么美的花啊，你就像玫瑰花……

她则说："是啊，昨天你是这样说的，前天也是，大前天也是一样的话。这句话你34年前就跟我说过了。可惜，你忘记了，你什么都想不起来了。"

女人说着，有点哽咽。她转过头，看着他一脸的茫然，又有些心疼，她拉起来他的一只手，默默地围着玫瑰花坛转。直到他累了，她才带着他回到病房。

"您在等艾丽莎女士吗？"

护士向窗外望了望，又抬头看了一眼墙上的时钟，说："这个时间也快来了。她不是每天都来和您一起吃早餐吗？"

他有点不知所措，又答非所问地说："哦哦，不过艾丽莎是谁？"

护士没有说话，有些怜悯地看着他，又很无奈地摇头叹息，有点像自言自语地说："人怎么会把什么都忘记了呢！一个没有记忆的人是多么可怜啊！"

"哦，你看，艾丽莎来了。"

护士兴奋地提醒他，他看着窗户，看到一身红裙头戴着白色玫瑰的她，款款而来。阳光照在她的身上，是一片耀眼的红。

此时，她已经走了进来，她的手里提着一个便当盒。轻轻地放在桌子上说："你饿了吧？今天我迟到了10分钟，路上我的车出了点问题，耽误了。对不起，让你久等了！"

他的眼睛里瞬间闪烁起热情的光芒来。他没有吃饭，而是一把拉起她，一边向门外走，一边说："今天，你可不可以答应我一件事呢？"

病房的外边，依然是那片耀眼的玫瑰。清风吹起，芳香一下就钻进了体内。院子里，是一些闲谈的病人，有熟悉的，也有不熟悉的。他们都不约而同地望过来。

她有点愕然地问："还没有吃早饭呢，你要去哪里？"

他一直拉着她走到玫瑰花坛前，停下来，很郑重地说："你真像这玫瑰花，漂亮！"

她无可奈何地感谢："谢谢你，34年前你就已经说过这话，你说过很多年了。"

是的，他们原本就相识在维多利亚州的玫瑰园，那是玫瑰的世界。

他伸出手摘了一枝最美最大的白玫瑰单膝跪在她的面前，仰头很虔诚地说："亲爱的，请你嫁给我好吗？我发现我已经深深地爱上你了，你能答应我吗？"

闲谈的人们都不由自主地走过来围观。但是人群很安静。

她颤抖着手，眼角有湿润的液体哗哗地流淌下来。

"好的,我答应你,我愿意嫁给你。"

她扑到他的怀里,紧紧地抱着他。其实他们 34 年前就已经结婚了。5 年前,他因为交通事故失去了记忆,一直住在医院里。作为妻子的她,每天都来医院里陪伴他、照顾他。可是,他的记忆还是无法恢复。

尽管如此,他依然爱上了她。不,应该是他一直都爱着她。

她想,那就再嫁他一次吧!

玫瑰花在朝阳的照耀下,愈加色彩缤纷,芳香飘了很远很远,飘到了每一个人的脸上。

情牵法兰西

晚秋的风一吹,天地间就布满了苍凉。夕阳在窗户上忽闪忽闪着隐退。克里夫喘着急促的呼吸,用尽生命中最后的力量,对夏洛特说:"亲爱的,感谢你陪伴我一辈子。我死后,请将我的骨灰送回我的祖国,埋葬在朱丽叶的墓旁……"

说完,克里夫眼睛一闭,走了。夏洛特握着丈夫的手,一直到他的手褪去温度。此时此刻,她的头脑里一片空白。

她看着丈夫被推向太平间，才似乎突然意识到永别的时刻到来了，她哭着，扑到丈夫的身上。女儿将母亲搀扶起来，与母亲的眼泪交织在一起。

回到家，待母亲慢慢地平静后，女儿满腹疑问地说："妈妈，朱丽叶是谁？"

夏洛特这才似乎想起了丈夫临终前的遗言，她看着女儿，耳边回想起克里夫弥留之际的话。

"我怎么知道？不是你奶奶，也不是你姑姑……"她的情绪突然失控起来，几乎有些声嘶力竭地摇着头说："想不到你父亲他居然背叛了我！我17岁就认识他了，我们结婚63年。太无情无义了，跟自己生活了63年的妻子说，让她把自己的丈夫跟别的女人埋葬在一起，这对我来说是一种莫大的耻辱！你说，我是不是一个傻瓜？是不是一个笑话？明天，当人们知道我的丈夫死后要跟别的女人葬到一起，我不就成了所有人的笑柄了吗？这算什么？这是什么事儿，啊？"

夏洛特说不下去了，她靠在沙发上，不管不顾地哭了起来。

女儿为母亲擦着泪，虽然也有一肚子疑云，还是宽慰母亲说："妈妈，我们现在还是看看爸爸生前留下的东西，看能不能找到什么线索。父亲生前那么爱您，他怎么会背叛您呢？"

夏洛特一头雾水，她无法休息，跟女儿来到卧室里。

两个人开始翻找克里夫生前的东西。夏洛特认识克里夫的时候，他们都刚刚到达澳洲不久。二战以后，世界经济萧条不堪。夏洛特是爱尔兰人，从一所护士学校毕业后，接到了远在澳洲堂姐的来信，叫她去澳洲发展。因此，16岁的夏洛特踏上了去澳洲的轮船。因为有堂姐的照顾，她很快在一家小镇上的医院里找到一份实习护士的工作。克里夫正是她在工作中认识的。他是法国人，父母都在一次事故中去世了，只剩下一个妹妹已经结婚，生活在巴黎。之后的漫长岁月里，他们过着令人羡慕的生活，到今年，他们结婚已经63年了。他们是那种令许多年轻人都自愧不如的夫妻，无论在什么场合出现，他们都是十指相扣，彼此的眼里有爱有温情，哪怕只是相互间的一个眼神，都能生动地表达出彼此的内心。

克里夫比夏洛特大7岁，事实上，自从他们结婚以后，克里夫时刻都在用心呵护着她，爱着她。他们庆祝每一个结婚纪念日，将漫长的岁月过成了一首诗。60岁以后，他们买了房车，走遍了澳大利亚的每一个角落。一个夕阳满天的傍晚，克里夫握着夏洛特的手说："亲爱的，这一生我最幸运的事就是遇到了你，如果有来生，请你一定要等着我，我们还要携手。"

任世界精彩纷呈，我心只装下你一人。那时刻她将头靠在丈夫的肩膀上，夕阳将他们的身影拉成了一道长长的影子。

"妈妈，你看，这是爸爸的字迹。"

女儿将一个信封递到夏洛特的手里，她看到信封上，正是克里夫那洒脱苍劲的英文字体。

夏洛特，我最最亲爱的妻子：

当你看到这封信的时候，我已经在上帝的怀抱里了。首先，我要真诚地感谢你，感谢你陪伴了我63年，感谢你给了我一个如此温馨而又充满爱的婚姻。你也许不知道，有多少次，我在梦中醒来，都是笑着的，因为我太幸福了。如果可能，真希望能这样永远陪着你，永远幸福下去。可是我们都老了，我能时刻感觉到上帝在向我招手了，他招呼着我说：嗨，你这个老家伙，别再留恋尘世了，天堂的大门已经为你打开。

除了对你和孩子们的牵挂与爱，我应该是死而无憾了。但是，我对不起你，我不敢奢望取得你的谅解，然而请你理解我。请求你与孩子们一定要将我的骨灰运回巴黎，一定要将我埋在蒙马特公墓J区朱丽叶的身边。那里，我早在67年前就已经为自己买了墓地，就在朱丽叶的身边。

亲爱的夏洛特，你一定充满了疑问，朱丽叶是谁？很抱歉，这么多年，我没有告诉你关于我和朱丽叶的过去。我们曾经炽热地相爱过，并已经准备结婚，可就在婚前的那天晚上，也就是1940年6月5日，她被德国纳粹一名军官杀害了。那个白天，她曾那么开心，试着婚纱像一只蝴蝶在我面前翩翩起舞。但是，她就那么没了，在我的生命里永远消失了。她是一个孤儿，最害怕一个人相处。我曾经答应过她，将来不管生死一定要在一起，那是我对她的承诺。我把活着的人生给了你，但我希望死后能陪着她。我相信，你一定也不希望我是个不守承诺的人，这一点也不影响我对你的爱，我的身心我的灵魂将永远属于你……

后边都是克里夫对夏洛特道歉的话，夏洛特看到这里，既震惊又感动。她呆呆地在沙发上，坐了一个下午。然后，她对女儿说："按照你父亲的意愿去办吧，将他埋葬在朱丽叶的身边。"

离　婚

晚饭桌前，他一边偷瞄着她，一边有些心不在焉地往嘴里塞着菜。她依然与任何时候一样，满目温情，安静地吃着。他却想，吃吧，今天晚上就是我们七年婚姻时光里最后的晚餐了。

他想着，越来越有些心不在焉。借着看电视屏幕，扫视了一下家。家里依然是一尘不染，高大的青花瓷瓶里开着纯洁耀眼的白玫瑰，他略有所思地将注意力转到饭桌上，抬头说："我明天要回国一趟，公司在国内的生意出了点麻烦，需要我去处理一下。你自己在家多注意。"说完，他内心还是多少有一些忐忑不安，赶忙将目光从她的脸上移开。她依旧很安静，抬头直视着他，淡淡地说："好的，我会注意的，这么多年，我都习惯了。倒是你，要多多注意，现在国内是冬天了，北京的气候变化又异常快，你的咽炎又要犯了，想着带些药吧……"

不知何故，他此刻听着她的话，总觉得内心不安，他不知道什么地方不对，但就是觉得她的语言里带着明显的异常。

窗外，一场大雨正在肆无忌惮地拍打着玻璃，窗前的月季的花瓣被打落了一地，丝丝缕缕地缠绕在哗哗啦啦的雨水里。他放下碗筷，借口说要收拾回国带的行李，走进了他的书房。

她也站起身，目光盯着他的背影，掩映在工作室的门后，内心浮起满地的苍凉。很快苍凉变成了快感，突然感觉柔弱了多年的自己强大了起来，动作麻利地将碗筷放到了洗碗机里。脑海里一幕幕往事历历在目。想起，十年前，当他们刚刚从同一所大学毕业时，对前程茫然的同时又充满希望。他作为家里的独子,在父亲的安排下又跑到澳洲读硕士。临别时他们在机场依依惜别。他承诺毕业后一定回来结婚,她则早已暗下决心,要凭自己的努力,到澳洲与他团聚。时光弯弯转转地流逝着,为他,她终于拿到了澳洲一所大学的录取通知书,继续她的学业。两个人在异国他乡相互依靠,再加上他家优厚的物质条件,他不需要去打工就过得很好,而她则在他的保护下,过得比想象得轻松。在紧张的学习之余,他们还有机会一起在澳洲这块神奇的土地上将风景看遍,两人的爱情也是与日俱增。

她想起从前的时光,眼睛终究还是有些不争气地湿润了。她将厨房里的水龙头打开,任水哗啦啦地流淌着,她用双手将一把水泼到脸上,狠狠地捏了下鼻子。

他则在书房里将自己一直带在身边的几幅照片看了放下,又拿起来,最后还是放进了行李箱里。这时手机里的微信嘀嘀地有消息进来。他拿起来:"都准备好了吗?我可等着呢!"

他看了看手机,心里有了某种触动,很快就写了几行字回复过去,然后将手机关机,将那些文件都小心翼翼地装到箱子里,看到一切都准备好了,才将工作室的房门打开,走到客厅,准备最后一次跟这个相伴了自己多年的女人,这个自己爱了多年的妻子待一会儿。想法有点复杂,也有点鬼使神差,他说不清自己到底在想什么,到底在干什么。只是有一股难以言表的情愫，在内心里疯长。

"吃药了吗？"

他有点没话找话。

"你忘了，我早就不用吃药了。我不想白白受罪了，反正也没有希望。"

她坐下，在他的对面，神情恍惚地看着他。

"对，对，我一忙就忘了。"

"我知道，其实你非常喜欢孩子，你心里从来都没有放弃过，我知道。"

她此时低下头，无论如何，这毕竟是她内心里最深的痛。是痛不管在何时都是难以逃避的伤。

"都是过去的事情了，说好不提了。"

他的心头也是一震，他知道这个话题又碰到她的痛处了。这几年，她的痛处格外多，多到他说话要小心翼翼，哪怕是一句平常的话，也可能将她的心刺得生疼。他就是带着这样的疲惫不堪，在父母与她之间奔波着，两头应付，却两头都遭到埋怨。从何时起他的心迫切地需要一个港湾的？他已经无法想起了。外边夏雨依旧绵延不绝，而他与她的哀愁也如这场大雨，一直从内到外地涌出。

对话就这样戛然而止。

雨，一夜未停。第二天清晨，他早早地起来，提起箱子要走的时刻，却发现，她已经准备好了早餐，坐在桌子前等他。"多少吃一点吧!"她对着他,笑得有些难以琢磨。

他放下皮箱,坐下吃她准备的早餐,这是他们从相恋到结婚,这么多年来她第一次做早餐,因为她原本就是个不会做饭的女子。

他起身,给了她一个拥抱,那一瞬间,内心竟然有些颤抖。他说:"你自己多保重!"

她则看着他淡淡地说:"祝贺你很快就要当爸爸了,离婚的事我会配合你,孩子出生后给我发张照片……"

他愕然地望着她。

野马,野马

婚姻走到第八年时,我越来越感觉索然无味。离婚的念头在我的心里滋生了几百遍。我们谁也没有外遇,彼此对家庭负责,可我就是感觉婚姻生活缺了点什么,我一直对这样的生活心存不满,甚至是委屈。因此,我提出了离婚的要求。

丈夫没有说话,似乎也没有意外。他安静地看着我,说:"好吧,在离婚之前,我陪你去看看澳洲的野马吧!记得以前,你一直说要去看野马的,但是我们总是忙,澳洲的中部大多数地带是荒无人烟的,我们一直没有机会去。这样,你可以如愿以偿地去写生,画一些独特的画了。"说完,他背过身:"我知道这一天迟早会来,无论我怎么努力似乎都留不住你,我感觉我无能为力。我真的觉得我给不了你想要的,不是物质不是金钱,可是我就是给不了你……"

说完,他哭了。

他从电视台请了两个月的假期,开始为去澳洲的中部做准备。

请假的第五天,我们出发了。与从前一样,我们开着房车,一路上风光无限好,在眼前一晃而过。丈夫说:"旅行的路上,你就把工作放下吧,好好享受这一段时光。你每天都给自己那么多工作,似乎永远也停不下来,我很担心你。但是,我的能力有限,帮不了你。很抱歉。"

他一边开着车,一边把一个旅行枕头放到我的脖子上,说:"睡一会儿吧!"

我没有说话,默默地点点头。因此,之后的大多数时间,我都处于昏昏沉沉的状态。经过几天的兼程,我们终于驶进了荒芜的澳洲中部。一望无际的红土地,瞬间多了一种宽广,仿佛眼前的世界在一刹那撑开了一张无边无际的大网。那一望无际的红土地啊,具有澳大利亚的特色的红土地，在阳光下是一种多么壮观的景象啊！我跳下车，在地上奔跑起来，身后，丈夫在拿着相机"咔嚓咔嚓"地拍照。他是电视台的摄影记者，对摄影有着与生俱来的热爱。

"注意安全！"

他在身后喊着。

"你看，你快来看啊，野马，野马，那里有很多匹野马！"

在离我几百米的右前方，至少有上百匹的野马在奔跑。马的嘶鸣之声不绝于耳，气势磅礴，就像是回到了千年以前的古战场，红土飞扬，壮观而激烈。此时，太阳已经西斜，残阳如血，洒落在红土地上，如火夕阳与红色的土地融合在了一起，我已经分不清天与地，就被这样壮观而独特的景象包围了。

各种肤色的野马，在夕阳中的红土地上追逐奔跑着、嘶鸣着，悠远而绵长。突然，有一匹野马前蹄一软，栽倒在地上。大群的野马已经跑到了前面，那匹倒下的马痛苦地在红土地上叫着。我一惊："怎么了？那匹马怎么倒下了？"

丈夫正在奔向这个方向。此时，我看到马群中有一匹马突然掉转了方向，向那匹倒下的马奔跑过来，眨眼之间就在眼前了，它用嘴巴在倒下的马的脸上舔了几下，像是在安慰着那匹马。奇怪的是，那匹一直惨叫的马突然安静了下来，把头放在了那马的脖子上，两匹马就那样亲昵地依偎在了一起。夕阳下，两匹马的身影，在光线下逐渐变成了一幅世界上最美的图画。那一刻，我早已经忘记了作画，只有呆呆地看着。

丈夫已经到了眼前，他说："那匹马的腿受伤了。"于是，我们尝试着靠近这两匹马，果然看到那匹倒在地上的马蹄子上与膝盖上都沾满了血迹。我们回到车上，找来一些防止伤口感染的药和一块毛巾，再次来到了两匹马的跟前，我有点害怕，这毕竟是野马，靠近它们，会不会遭到袭击呢？

丈夫似乎没有顾及这些，他蹲在受伤的马跟前，把药轻轻地抹在受伤部位。我紧张地观察着，发现两匹马都很安静，尤其是那匹受伤的马，非常配合，只是静静地等待着。这与刚才在红土地上奔驰的野马简直是完全不同的马。此时此刻，看不出野性，有的只是温暖与温馨。

我赶紧奔回车里，拿起了画架开始飞速地画起来。

那天晚上，两匹马一直依偎在一起，直到天亮。我们与两匹野马为邻，外边格外寂静，白天那一群野马不知道已经跑到哪里去了，似乎周围就只有这两匹野马才是这个地方仅有的生物。

第二天，野马的腿伤似乎有所好转，它开始站起来慢慢地走在红土地上,那匹高大的马一直不离左右地陪伴着它。

在此期间,我画了很多野马,夕阳中,晨光中,或是奔跑中的,或是静止的,或是漫不经心吃草中的……但是,我最喜欢的还是夕阳中,那两匹野马相依相偎等着丈夫包扎伤口的画。

回到家以后,我把那幅画拿去参加了本地的一个画展,令人意想不到的是这幅画得到了不少赞扬,并在几千幅画中脱颖而出获得了金奖。

清晨醒来,意外地发现,丈夫居然没有上班,他准备了丰富的早餐,然后走到我面前说:"那两匹野马的影子一直在我的眼前晃,我想了很久,我已经辞职了,愿意跟你一起回国发展!"

爱在乌鲁鲁

落日照在乌鲁鲁巨石上,眼前立刻出现了一片红色的世界,散发着远古的苍凉与神奇的光芒。

6年前,我曾一个人不管不顾地爬上了乌鲁鲁巨石,想与众不同地从巨石上如蝶飘落而下。到巨石顶上,脑子里一直设想的画面,内心却开始颤抖。一阵风吹来,头上的帽子"呼啦"一下被吹走了。我下意识地伸出手去抓。这时,一个声音在我耳边响起:"不要捡!危险!"

我情不自禁地住手,回头,一个瘦高的男孩,正在我身后移向我。他脸上的汗,滴滴叭叭地往下落。到了我跟前,他才松了口气,说:"只要人在,一切都会好的!"

他的语气仿佛我们是旧相识。

"走,我们下去吧!"

他自顾自地向下挪动着,我也只好跟在他的身后。一阵阵的眩晕袭击而来,我脑海里却不断地循环着这样的画面:男人的双手紧紧地将女人拥在怀里。通过一束清冷的月光,风中传出他那富有磁性的声音:"亲爱的,我永远不会离开你,等等我,我一定给你最满意的交代。"

那些话不仅刺耳,也刺痛着我的心。我突然间觉得自己被人推下了深渊。没有一丝光亮,我双手在黑暗中拼命挣扎。我被雷击了一般,挪不动脚步。好半天,我低头看着手心里那张结婚请柬,他和我的笑容,如同秋阳一般明丽、清爽,洋溢着幸福。我望着照片上的他,又看着那对人影,指甲无声地掐进掌心里。感觉不到疼痛,但我似乎看到了自己的心在流血。那血一点一滴地顺着心脏流下,顷刻间就流成了河。

结婚请柬早已被汗水浸透,成了黏糊糊的一团纸。

三天后，轩来了。他靠在我的门框上，一直低着头，一遍又一遍地说着："对不起，我负了你，这辈子，我欠你的。你是个好女孩，我没脸请你原谅，只希望你能幸福！"

在我听来，那些话不仅充满讽刺，更是对我的莫大侮辱。我努力压抑着自己的情绪，不哭喊、无质问，只咬着嘴唇，淡淡地说："谢谢！"

轩走后，嘴唇被我咬出一股猩红的血。

一个月前，我们就已经发出了结婚请柬，所有人都知道——我们要结婚了。我不敢想象，我该找什么理由告诉每一个人——轩跟我悔婚了，尽管我们相恋了 9 年，尽管我们是彼此的初恋。

那些天，我恍恍惚惚，竟然一个人鬼使神差地开着车，穿越了澳洲中部的沙漠，跑到了乌鲁鲁。

前面的男子站住了，他慢慢地转身，看着我，说："走吧，对于一个不珍惜你的男人，伤害自己是最愚蠢的！"

那一刻，我觉得那双眼睛有点熟悉，仿佛曾经在哪里见过。可我头痛欲裂，大脑一片空白。

近黄昏，乌鲁鲁巨石，透着原始的神秘。

他再次转身，伸出手，拉住我的袖子说："走吧，我都懂！"

他的话令我再次惊诧得睁大了眼睛，竟然跟着他，一步一步地下了巨石。

他脸上的汗不住地向下流。此时此刻，我才看清，他面容清秀，瘦高的身材透着刚毅。

当我坐进车，他从车窗外对我说："一会儿我们一起吃晚饭，我等你。"

说完，他冲我一笑，飞奔而去。看着他的车消失在金色的落日中，心中五味杂陈。这人，连彼此住哪里都不知道，又如何一起吃饭？男人，为何都这样不靠谱！

回到宾馆，他居然在宾馆的门前等我。他换了一身装束，阳光灿烂。

他似乎看透了我的心思："傻丫头，这里只有一家宾馆，找你还不容易吗？"

那天晚上，是我被悔婚之后吃得最正式的一顿晚餐，他就像知道我的喜好一样，满桌都是我日常所爱。可我没有胃口。他如老朋友一般给我夹菜，很关切地告诉我："这些天你瘦了多少啊，你都没有照镜子吗？"

我惊愕地看着他问："你怎么知道我瘦了？我们不是第一次见面吗？"

他脸一红："原来，你真的一点也不记得我，可是自从我第一次看到你，你穿着香芋色旗袍的身影就一直在我眼前晃，无数次地出现在我的梦中。我不敢说了解你的一切，但我爱你，我肯定比他更懂你。"

原来他是轩的朋友，曾经在我们的订婚宴上见过我。

因为生意，他经常在国内与澳大利亚两头跑。这次他先是收到了我们的结婚请帖，后又被告知取消了婚礼，他忐忑不安，下意识地延期了回国的日程。他说："那天，你一个人坐在门前的台阶上，用双手扯着头发，无声无息地流泪的样子；你目光游移不定，一个人开着车一路北行；你无滋无味地靠在车上，喝着咖啡的落寞神情，都让我心痛。"

他说完，竟然哭了，他说："你不知道我的心有多疼；你永远也不明白，我跟在你身后爬上巨石的感受；我从来没有像现在这般希望，能替代一个人痛苦，可是又无能为力，你不知道，我多想受伤的那个人是我！"

那是我第一次感觉人生如梦如戏。

事情发展得完全出乎我的意料，他居然要求婚礼如期举行，只是把新郎换成他，天知道为什么，我竟然鬼使神差地答应了。

第二天，他不计价格地处理了两辆车，带我飞回了墨尔本。伤痛像一根根刺，不时在身心扎一下，又扎一下。那段日子，我如同失去了思考的能力，任由他一次次地跟我的父母亲人沟通，承受着所有人对他的质疑与指责。但他总是坚定地对我说："我不喜欢苍白的承诺，我只想用余生的行动证明：你对我有多重要！"

如今，6年的时光飞逝，他一直用行动践行着他的话。

再次来到乌鲁鲁，思绪如潮。仰望巨石那一刻，我们竟然同时流下了眼泪。

湘妃竹

清晨，我站在后院的凉台上，不经意间抬头，就会望见那一片竹子。夏日里，微风吹来时，偶尔还能听到"沙沙"的竹叶交响曲。那声音听起来如一首轻柔的音乐。可儿来时，总会站在棕榈树下，踮脚抬头地望着那竹子。有一次，她突然说："你看到了吗，那些居然是湘妃竹。多难得啊，居然能在澳洲这地方看到湘妃竹。你以前怎么没有告诉我？"

她双眼穿过斑驳的阳光，在栅栏的平行线上一跃而过。而后，就长久地停留在那些竹子上。

除了经常看到那个年老的妇人在竹林边走动外，我确实没有看清那些是湘妃竹。

可儿有些失望，她安静地站了很久，目光紧紧地盯在那些竹子上。

"那些竹子一定是恋人栽下的，那么美。你知道吗，竹子上的每一个斑点，都是情人的眼泪。要是离得近一点就好了,我就能好好地欣赏那些竹子了。"

可儿开始有些哀哀怨怨,目光中瞬间就布满忧伤。我到了嘴边的话又原封不动地咽了回去。那些天,可儿刚刚失恋。于青年男女,失恋再正常不过。可是这个失恋对象是可儿的初恋,两个人 10 年前就已经订婚。这 10 年,可儿处处追随着恋人的脚步,从家乡到北京,从北京到澳洲。为了跟在恋人的身边,她追得气喘吁吁,追得上气不接下气。眼看着两人终将修成正果之时,恋人告诉她:我们不合适。

一句千篇一律的分手话,将可儿 10 年的感情一笔勾销。后来,可儿每讲到这个细节时,都会哭得稀里哗啦。她的目光痴痴呆呆地对着某一处,仿佛那里,正站着那个男人。自此后,我们都尽量避免谈论那个人,可提起他的往往是可儿自己。

"你有望远镜吗?"

可儿靠在棕榈树上,依旧望着邻家的竹子。

"你还要拿着望远镜看,被人看见了,还以为我们在窥视人家,被报警可就麻烦了。我带你去公园看竹子吧!"

怕引起不必要的麻烦,我没有把望远镜给可儿。

自从发现邻居家的竹子后,可儿来访的次数多起来。很多次,她只是安静地靠在棕榈树上,对着那片小竹林张望。

我递给可儿一杯她最喜欢的卡布基诺咖啡,她接过去抿了一小口，悠悠地说："你这咖啡比树的可差远了。他煮的咖啡很专业，我是最喜欢的。"

我想说：他的咖啡再好，现在也去给别的女人煮咖啡了！但是，与往常一样，看着可儿那张日渐消瘦的小脸，苍白得似一个营养不良的婴儿，我不忍出口。

那天，我带着可儿在公园里散步，一路上，她只是慢悠悠地跟在身边，却很少说话。我请过来几个可儿也熟悉的朋友，晚上一起烧烤。记得从前，烧烤是可儿的最爱。每次聚会，她总是喊着说：烧烤，烧烤，还是烧烤吧！如果有不同的意见，她就会与大家争论，直到每个人都同意烧烤之后，她就会像个孩子一样开心地大笑。于是，烧烤的过程中，她总是将盘子装满鸡翅，然后坐在那个男人身边，那时候，她的脸上总是绽放起玫瑰一般的笑容。

希望这次，公园里烧烤也能给她带来快乐。

朋友们到后，都各自带了很多的东西来，琳琳知道可儿最爱鸡翅，还特意带了很多。不一会儿，香味开始在公园的花草树木之间飘散。可儿依旧有些心不在焉。当我把烤好的鸡翅端到她面前时，她却一把推开盘子说："我最讨厌烤鸡翅的味道，快拿走！"

那表情充满了厌恶。所有人的目光都齐刷刷地聚向了她。我想，每个人都会想起以前，她总是在烧烤时端着盘子，里面装满鸡翅守在男人身边的情景吧！

气氛有些尴尬，我不知所措，小月把盘子从我手中拿过去说："谢谢亲爱的，我最喜欢吃鸡翅了！"

烧烤在一种沉闷的气氛中结束。

秋日的一天，日暖风稀，白云缭绕。

我从后园的柠檬树上摘了几个柠檬，一抬头，见到栅栏上边伸出一张女人的脸。她对我笑着打招呼，她说："很高兴认识你，我的邻居，我叫娜塔亚。我发现你和你的朋友似乎很喜欢我的竹子。如果不介意的话，欢迎来小坐。"

她的中文讲得如此流利！

她有80岁左右的年纪，她说："你一直安静，从没有吵到我，这一点我满意极了，在你之前的那个女人，哎哟哟，真是烦死了。"

她的表情变化极快，总是闪一下就显出了另外一种表情。最后，她在越过栅栏的柠檬枝上摘了两个柠檬，说："有空跟你的朋友一起过来吧！"我看着她的半个身影在栅栏那边消失，然后又轻挪着脚步，在竹林下一闪就不见了。

好多天不见可儿，我在电话中告诉她可以去看邻家的竹林时，她的兴奋如风在我耳边响起。不到20分钟，她的车就已经停到了院子里。

娜塔亚的脸上带着秋菊一般灿烂的笑。她拉着我们穿过木栅栏，顺着草坪与鲜花包围的小路，一直到了小竹林。果然是湘妃竹，青翠的竹节间，黑褐色的斑斑点点，别有一番风情。可儿摸着那斑点，泪水毫无设防地落下。

娜塔亚拍着可儿的肩，像祖母一般将她搂在怀里。望着湘妃竹，悠悠地说："这湘妃竹啊，不知是世间多少女人的泪水凝结而成的。就算泪水再多，那也得有流完的时候，再多的苦也有消化的时候，好孩子，不哭。"

过了很久，可儿平静下来。她说，她当初与初恋相识时，就是在公园的湘妃竹下，她第一次知道了湘妃竹的凄美传说。后来，那个公园里的湘妃竹成了他们恋爱时光的伊甸园。

娜塔亚说："谁说不是呢？这片湘妃竹就是一个中国男人为我栽下的。世间那些最美的爱情也许都活在爱情故事里吧！"

婚 房

春深夏近，时光在季节的拐角处打了一个结。老安却没日没夜地打造着他记忆中的婚房。清晨的太阳一眨眼，他就拖着76岁的身躯，开始在院子与房子之间转个不停。他每天都在祈祷这个季节的结在他与艾丽莎面前，展开得慢一点，再慢一点，给他与艾丽莎足够的时间。

他患有关节炎的腿，每走一步，都会针扎般疼痛。这样每天无数次进出，无疑是雪上加霜。女儿每次来，都会说："爸爸，您这是何必呢？我们都希望妈妈能恢复记忆。可是，那是不可能的啊！爸爸，您不要这样逼自己了好吗？我明白您对妈妈的感情，您接受不了，您一心想让她恢复记忆，想回到从前的快乐时光里。可是爸爸，您和妈妈是我最亲最爱的人，妈妈已经这样了，我不想再失去您！"

女儿说得泪流满面，哽咽着抱住他。他拍拍女儿的肩，那泪水终究还是没有忍住。

女儿离开后，他并没有因此停下脚步，反而在女儿的话中受到了鼓舞。

中午，他咬着面包，觉得没有艾丽莎的家，清冷得无一点温度。他开着那辆旧车出去，照例在医院旁边的小花店里买了一束白玫瑰。进住院部的门时，他自然地用消毒液洗了手，又对着墙上的大镜子照了一下。他身上的枣红色上衣还是15年前，他带艾丽莎回国时买的。艾丽莎非常喜欢这种颜色，她说："亲爱的，这种颜色可真适合你，你看起来风度翩翩，简直年轻了10岁。"每次，他们去参加朋友的聚会时，艾丽莎都喜欢他穿着这件枣红色的上衣。明亮的镜子里，照出的身影真切地展现在老安的面前，他对着镜子，摸了摸自己花白而稀疏的头发，露出一丝沧桑与无奈的笑容。

"安,又来看艾丽莎了?她的状态真是越来越差了,现在刚刚睡着。你快进去吧!"

叫莱安娜的护士,一边跟他打招呼,一边推着药物车朝病房的另一边走去。望着她胖乎乎的身影,一摇一晃地消失在走廊的尽头,想问的话却怎么也没有说出口。他悄悄地走进艾丽莎的房间。他将鲜花插到床边的花瓶里,坐在椅子上,就那样安静地望着熟睡中的艾丽莎。她的脸惨白得让他的心生疼。她那一头金色的头发,曾经如同阳光一样在他的生命里闪现,如今已是霜落两鬓。他的耳边一直响起那句:"嗨,中国人,你似乎迷路了!"

那一年,他21岁,在校园里的偶然相遇,注定了与她一生的情缘。在50多年前的澳洲,这个叫艾丽莎的澳洲女孩,没有像其他人那样对他持有偏见,而是处处照顾他,帮助他提高英语水平,当他的英语陪练;带着他熟悉环境,适应异国他乡的生活。每当他们走在一起的时候,总有人对他们指指点点地议论,并不时有人质问艾丽莎:"你为什么要跟一个中国人谈恋爱?"艾丽莎总是大声地反驳说:"我就喜欢中国人,我不但要跟他谈恋爱,我还要嫁给他!"

说着,艾丽莎就拉着尴尬的他,大步而去。他们的爱情轰轰烈烈,反对之声也是一浪高过一浪。但是,她没有退却,即使在他劝她的时候,她依然义无反顾地拉着他去注册结了婚。

艾丽莎就像他的一盏灯，时刻照亮着他的路。

"你是谁啊？"

艾丽莎醒来了，她望着他，用陌生的眼神问。他拿过床头的花，放在她面前说："你闻闻，很香的。"

她听话地闻一下说："真香啊，我喜欢。"

他说："是的，你从年轻的时候就喜欢这花，喜欢了一辈子。"艾丽莎有些茫然地看着他，这种眼神令他的心痛到了极点，就如同被人拉着他的心在身体里上下抖动。他疼，却只能在内心深处痛苦而无声地呻吟。多少次，他在黑夜里挣扎，一次次地对自己说：要是那个躺在床上的人是自己该多好啊！

艾丽莎这几年被疾病缠身，一直往返在家与医院之间，这一次不得不躺在病床上。最可怕的是，她失去了记忆，甚至连他都认不出来了。这个打击令他无法接受。他想过各种各样的方法，帮她恢复记忆。有一天，他突然发现，当他拿出几十年以前的照片时，她居然叫出了照片上每一个人的名字。他惊讶地张大了嘴巴，为她恢复了记忆而兴奋不已。可是，不到半个小时，她就忘记了，就如同做了一个梦，醒来后又是惯常的模样。他查找各种医学资料，又多方跟医学专家咨询。每个人都只是遗憾地摇头，建议说："也许你可以试一下你们一起做过的最令她感动的事，给她留下深刻印象的,对恢复她的记忆也许有帮助。"

那个晚上,他翻来覆去地想,终于想到了一个不是办法的办法。

那是一间50多年前的婚房,现实中早就不复存在。他在记忆中努力搜索着,那间房子的摆设与风格。当时的艾丽莎喜欢路易十三风格的家具,因此,他把那套租来的小房子,精心地进行了一番装扮,路易十三风格的床、梳妆台,还有一套他自认为她会喜欢的明清风格的椅子,结果艾丽莎高兴地流下了眼泪,她说:"这是我一生中最幸福的时刻,亲爱的,谢谢你,我太激动了。"

时光的翅膀一扇,光阴就过去了大半生。如今,在他们期盼过的晚年时光里,艾丽莎却病了。他想拉住她,让她回到从前的时光里。

经过多日的忙碌,老安终于在网上买齐了一套路易十三风格的卧室组合家具,还原了记忆中的婚房。他站在门口,看到床单上有一个明显的皱褶,回身去整理了一下,直到舒展了,看不到一点印痕了,才满意地离去。

经过医生的同意,他将艾丽莎带回了家。在他推开门的一刹那,自己的心怦怦地跳起来。他推着轮椅,艾丽莎依然目光呆滞地坐着。他说:"亲爱的,你看,你记得这间房子吗?"

说完,他紧张地看着艾丽莎。她抬头,一点一点地看着,当看到那张带着高高床头的床时,她停顿了一下,眼睛里瞬间闪耀出光芒。他期盼地望着她,只可惜,那光存在了几秒,还是散了。他继续等着,她的目光在房间里整整扫视了好几轮。最后,他突然听到她大叫一声:"路易十三风格的梳妆台,啊,这不是我们的婚房吗?"

那一刻,"哗啦"一下,泪水泉一般落在她的肩头。

玫瑰与山茶

雨从窗沿上落下来,与冷风混合在漆黑的夜色中。她收拾好东西,准备在暴雨来临前能赶到公交车站。

"伊,这是你这周的辅导费。"

尼尔将 100 澳元递给她,她叫李伊,尼尔按照英语国家的称呼叫她伊。李伊接过钱,说了声谢谢。

"伊,你先坐下,我去拿一件衣服,然后开车送你。"

尼尔并没有等李伊回答,他很快就穿上一件外套,手里还拿了一件很厚的大衣说:"很抱歉,我家里没有女人的衣服,你凑合着披一下,外边很冷。"

李伊有点尴尬,这是她给尼尔做中文老师一年零三个月以来,第一次看到尼尔还有这么暖男的一面。她有点不知所措。尼尔无声地将大衣递给她，自己拿起车钥匙，快走几步，为她开了门。

李伊说："这样真是太麻烦你了，我可以坐公交车的。"

"举手之劳，不用客气，让这么漂亮的东方女孩独自出行，我还真不放心。"

李伊不好再说什么，只好上车。在这冬雨连绵的夜晚，独自回家，她也的确有点不安。自从她跟好友婉婷租住在一起后，她们基本每天一起回家。最近，"为了一块老木墩，我已经顾不上你这朵鲜花了"。今天早上，婉婷一边吃早餐，一边笑着说出这样一句比喻，婉婷笑得有点放肆，最近她常常这样笑。

"你为什么要那么辛苦地去赚几个中文辅导费呢？我给你介绍个朋友吧！"

婉婷神秘兮兮地说。

李伊不解地看着她问："介绍朋友与我教中文之间，有什么关联吗？我凭自己的能力教课养活自己，一点也不觉得辛苦。我倒是觉得很充实。"

婉婷不屑地哼了一声说："行了，行了。不跟你说了，榆木脑袋，真搞不懂你是怎么有那么好的成绩的？你一天到晚忙了学习还要教鬼佬中文，你真是将这大好青春都糟蹋了！"

李伊只笑了笑，她听到门外有一声轻轻的喇叭声，与其说是喇叭声，更像是某种隐含的呼唤，细弱而悠扬。李伊第一次听到这样的汽车喇叭声，如一首吹出来的抒情曲。婉婷听到后，脸上立刻浮现出一缕阳光，一边说着"拜拜"，一边随手拿起小背包，推开门就冲了出去。李伊这才注意到婉婷那小包是最新版的LV，要7000多澳元。她忍不住走到窗前，隐在窗帘后面向外张望。前院停了一辆乔治巴顿的越野车。婉婷已经站在茶花树与玫瑰丛的中间，车窗里随即就探出一个"地中海"式的脑袋来。那是一张看起来有五六十岁男人的脸，正对着婉婷充满热情地笑。婉婷一闪身就坐进了男人的车，飞驰而去。只剩院子里的茶树与玫瑰丛，在风中舞动。茶树上，已经挂满了圆鼓鼓的花蕾，如一个个小灌汤包。而这个季节的玫瑰，花已凋零。婉婷喜欢玫瑰，玫瑰盛开的时候，她每天都会很开心地剪来几枝插到花瓶里。而李伊却对山茶情有独钟。

尼尔是一个商人，两年前，他准备将生意拓展到中国大陆地区，在脸书上看到李伊教中文的信息后，与她取得了联系。他平时不太多话，但学得很卖力，已经会基本日常对话。尼尔在开始时曾经说过，他之前已经找过三个中文老师，但都提不起他的兴趣。言外之意似乎在提醒李伊：如果你也如之前那几个老师一样，就没必要浪费时间了！

尼尔的话伤害了李伊的自尊心，她倔强地说："如果你觉得我也无法让你提起学中文的兴趣，我会退回你的学费。

事实上，我觉得对于学习，更重要的是看你自己的需求和态度，如果你本来就抵触，以一种挑剔的眼光看待学习，神仙也教不了你。尽管如此，我还是要试试。"

就这样，尼尔竟然跟她学了一年多，而且进步很快。显然，他对李伊这个中文老师很满意。

"谢谢你，请注意安全！"

李伊下了车。

尼尔一笑："应该的，伊！晚安！"

屋里黑乎乎的，婉婷还没有回来，最近，她总是很晚才回家，或者干脆整晚都不回来。最初的几次，李伊有点担心，给婉婷发信息，一开始婉婷还及时地回信息，后来她就不太回。有时李伊还在那淡淡的几个字里感觉出了不耐烦。自那后，她便不再过问。

一直到周日的晚上，婉婷也没有回来。周日是李伊唯一可以在房子里轻松一下的日子，她要根据每个人的不同情况，忙着备下周的中文课，还要跟国内的父母、爷爷奶奶说话，一晃就到了晚餐的时间。

尼尔的电话就在这时响起来，她刚一接听，门外就响起了急促的敲门声，她只好对着电话说："对不起，我去开一下门，估计是她没有带钥匙。"

开了门，门外站着两名警察，李伊紧张地问："你们……"

"对不起，很抱歉打扰你，我们是来了解情况的，请问，你认识这个人吗？"

一个警察将一张照片举到李伊的面前。

照片上的女子，头发凌乱地披散着，赤身裸体地躺在一棵树下，双眼惊恐，似乎正在受着某种莫大的惊吓。

"啊？这……这不是婉婷吗？是跟我一起租住在这里的，她——？"

"她死了！"

"死了？"

李伊吓得脸色惨白，差点晕过去，手一抖，手机滑到地板上。

警察到婉婷的房间去查看了一下，并要求李伊配合他们的调查。她渐渐地平静下来后，才在警察那里了解到：今天下午有人在墨尔本东区的一个公园里发现了婉婷的尸体。李伊将自己了解到的情况跟警察做了笔录。

李伊突然感觉到异常害怕，警察走后，她坐在前门的台阶上，眼泪无助地往下落。

尼尔就是在这个时刻赶到的，他说："伊，你不要哭，不要怕！"

李伊看到，昨天还是满树花蕾的山茶，竟然一夜之间开了，而婉婷喜欢的玫瑰，依旧在风中凋零。

黑莓的眼泪

太阳在若隐若现的云间逐渐隐退,一串一串的黑莓在黄昏的微风中徘徊。

他灵巧地穿梭在后院的黑莓枝蔓之间,望着这些已经成熟的黑莓,一颗颗地闪着诱人的光芒,如同年轻姑娘的眼睛,闪亮,灵气。他很自然地想起了她,心中默默地想:她是否依然有着那双黑莓一般的眼睛呢?

他不知道,过了这些年之后,她是否还在世界上的某个角落里,闪动着她那双灵动的眼睛,总是若有所思的眼睛里,是否依然布满似水的柔情。他与她究竟是怎样分手的呢?这个谜从28岁开始,在他的脑子里印了30年。他一天天地在谜团中度过了人生中的这30个春秋。明明是要第二天去领结婚证的,没有想到,他不但没有在民政局的门口等到她,反而从此她就如同在这个世界上蒸发了一般,了无踪迹。

他到她的家里去找,他们居然搬家了。家能搬得这样快,他似乎一下被打进了18层地狱,不知道自己该怎么办。每天他的眼前都会闪动着她黑莓一样的眼睛,这双眼睛令他寝食难安。

那时候他家的后院还没有现在这样大，自然也没有黑莓。他知道黑莓也是她最喜欢的水果。每次看着她津津有味地吃着他买来的黑莓，他都在想：以后，有了足够的钱，一定要在自己家的后院栽种上黑莓，让她每年都吃上最新鲜最绿色的黑莓。她当时不住地点头说："是的，黑莓又好吃，又有营养，只是太贵了，要是自己家有，该多么幸福啊！"

他的眼睛里是满满的期望，望着他们家的后院，想象这里长满黑莓的情景。他情不自禁地握住她的双手。她靠在他的胸前，跟他说着无数的甜言蜜语以及对未来的憧憬。

他难以相信这竟然是真的，她居然就这样从他的生活里完全消失了。但是他不相信，他想也许是家里临时出了点意外，来不及跟他联系，等她安顿下来，她会来找他的。他等，从清晨到黄昏，从日出到日落，一日复一日，等不来她的只言片语。

此后的人生里，他最终还是缺失了她。娶妻生子，过着岁月。内心里对她的那份思念、牵挂和不告而别的疑惑困扰了他30年。退休以后，他与妻子跟着儿子来到了墨尔本生活。房子的后园里，居然有一排郁郁葱葱的黑莓，攀爬在长长的篱笆墙上，甚为喜人。成熟的季节，采摘的时候，她吃着黑莓的情景就会清晰地在他的眼前闪现。他会想，这些年，她到底去哪里了呢？如今生活在异国他乡，对年轻时代的事情反而越来越怀念了！

可是团圆的日子不到两年，妻子因病去世。儿子上班后，他独自在家，总是会对着那黑莓发呆。儿子嫌黑莓攀爬得无边无止境，不好清理，刺又易扎人，要通通刨掉。一向平易的他，极力反对。他站在爬满了黑莓枝蔓的篱笆墙面前，说："一定要保留着，黑莓，多好的黑莓啊，不能砍，不能刨！"

儿子费解地离开了，留下他独自一人，站了很久。秋天临近，枝蔓上还残留着几粒黑莓，乌黑，饱满，圆润，多像她那眸子啊，脉脉含情的双眸，似乎在诉说着人生中，诉不尽的沧桑与无奈。

有一天，走在墨尔本著名的华人区博士山的街头，这里明显比别的地方要热闹很多，广式早茶铺早早地开了门，他独自一人坐在角落的位置里，漠然地想着从前，突然眼前有一个身影穿过，步履是那么像她。他站起身，追过去，就在那个身影回头的瞬间，他看到，那根本不是她。他在人群中又默默地转回身，无限的伤感在心头飘过。

影 子

林桥与红羽结婚8个月后,在一次去张家界的自驾游途中发生了车祸。林桥的双腿严重骨折,医生说很可能会落下终生的残疾。万幸的是,当时坐在副驾驶位置上的红羽只是受了点轻伤。她在照顾林桥两个星期后,脸色就开始不好看,出来进去将门摔得啪啪响,给躺在病床上的林桥留下一阵阵的震慑,震得他的心被人撕扯般疼痛。

两个月后的一天晚上,林桥在医生的建议下回家休养。红羽将他推到卧室里,脸上冰冷着,她只是默默地坐在沙发上,几次抬头看看林桥,欲言又止。那个在林桥头脑里盘旋了很久的念头正在一步步地走近他。他内心不由得发出一声冷笑。

红羽终于忍不住,她直视着林桥问:"医生说,你很可能再也站不起来了!你看,你本来就比我大16岁,要是再瘫痪了,这以后的生活我就没有办法过了。你看看,我们该怎么办呢?"

此时此刻,她那一头微卷的头发在耳边摇晃着,精致的妆容里,透出的是楚楚可怜的表情。

林桥看着她,没有说话。他的眼前却浮现出潇潇嘲讽的脸。她笑着，仿佛在对自己说："你现在亲眼看到了吧？我的感觉从来就不会错，你跟那个女人结婚不过是一场偷情后的意乱情迷，与爱情无关。"

不知为何，每次想到前妻的这句话，他都会笑出声。他赶紧用手捂住嘴，假装咳嗽了一声。

"你倒是说话啊？难道你想让我以后就陪着你这么个……残废男人吗？请你为我想想，我还年轻，我才26岁，你就放我一条生路吧！"

红羽的语速比平时快了好几倍，吧啦吧啦如同落在热锅里的黄豆，更像串成珠子的雨滴，从屋檐上一滴滴、一条条地落下，点点滴滴溅在他的心坎上。他直视着红羽说："好吧，你做什么决定，我都会同意的。"

红羽显然没有想到林桥的态度竟然如此爽快，她愣了一下，继而两朵微笑的云堆积在她的脸颊上。她转身从身边的包里掏出了两页纸，走到林桥面前说："既然你这样为我着想，就请你把这个签了吧！"

林桥接过来，那是红羽拟好的离婚协议，看起来条理清晰，做了充足的准备。林桥的心里掠过一股寒凉，并迅速地穿越到他身体的每一寸肌肤。他看完后对红羽说："离婚可以，但是这协议上的条件，我无法一一满足你。我们结婚才8个月，你就想要我的这套房子？法律上也说不过去。婚前，你口口声声说是真心爱我，而与其他的无关，现在看来，是关系太大了。"

林桥说着脸上就现出了冷笑。这声冷笑惹恼了红羽，她夺过协议说："那好吧，我再找律师咨询一下。"之后，离婚的过程似乎格外顺利，林桥只有两个选择，一是给红羽 10 万块钱离婚，如果红羽无法接受，他愿意就这样持续婚姻关系。最后，红羽匆忙地在协议上签字，并在当天就去街道办理好了离婚手续。

离婚后，林桥换了通信方式，并卖掉了那套为和红羽结婚准备的公寓。安静下来时，他时时会想起前妻。在他们结婚第 7 个年头，他还在奋斗的关键时刻，事业刚刚起步，他也得过一场大病，但是前妻没有放弃他，只说："现在什么也不要想，好好养病，以后就算是你再也走不了路，下不了床，那又能怎样？我会努力工作的，只要一家人在一起，什么都不怕。"

前妻的身影在他的眼前晃，他就觉得自己太不是东西。车祸发生之后，他迷糊中，听到红羽睁开眼睛的第一句就是："万幸，我没大事儿。不然，我这么年轻就麻烦了……"那一瞬间，他就明白了一切。于是，他坚持住进了朋友所在的医院。经过认真细致的检查与多方专家组的讨论，他的腿伤恢复的可能性达 90%。只是，他们有意地将这个消息隐瞒了。

坐在新居的阳台上，望着对面的窗户。他时常对着那个阳台上偶尔出现的身影出神。那个女人曾经跟他一起度过 15 年的婚姻生活，只是，他不小心将她丢了。

曼珠沙华

在一片山林之中，大树直入云霄，葱郁的花草此起彼伏地开在四季。而我，一定是最妖娆的那一株，如梦如幻地舞在风中。任凭秋叶纷纷落，任凭细雨滴滴洒。环顾四周，我看到自己的影子，梦幻一般，摇曳在山石与林木间。我曼妙的身姿，在风中，在雨中，在日的光亮中，在夜的黑暗里，散发着诉不尽的故事，那些属于我的芳华。

秋，正在我的周围逐渐褪去光辉。我看到树上的叶子由绿转黄，又由黄变成褐色，日夜盘旋。一拨又一拨的游人来了又离开。我始终没见你的到来。往年此时，你早就不止一次地来了。在年复一年的时光中，你一直穿着各种款式的白色裙子，身材依旧苗条。但头发已经从最初的长发垂腰，到后来的波波头，再到上一次的齐耳短发。你的头发似乎越来越少了。跟那些游人不一样，你只是停下来，安静地看着我，你的目光轻柔如水，像是对待一个深爱的人那样。你有时会伸出细长的手指，却不触及我，似乎怕伤到我的美艳一般，只那样悬在空中。

那年，一阵秋风过，我轻轻地摇曳着。周围的树叶哗啦啦地飞下来，落在半空中，又盘旋着，慢悠悠地向下落。有两片叶子就那样悄然掉在我的身上。我想借风之力，将那片影响我美貌的叶子摇下去，但是，风，却瞬间停了。

你悬在空中的手，轻轻柔柔地落下来，用两根手指一夹，一片叶子就在你的指间，随之一抖，便掉进了那些成堆的落叶里。随后，你用同样的动作将另一片叶子也清除出去，然后，又静静地站在那里，听到了那首我熟悉的歌：

　　此岸有你

　　彼岸有我

　　有一天，你从彼岸

　　轻轻地来到此岸

　　我们携手走进山间

　　曼珠沙华的妖艳光芒

　　照进彼此的心田

　　……

余音尚在缠绕，你早已泪满衣衫。

八年前

她与他站在山上，岩石、树木与杂草不算稀奇，令他们眼前一亮的是，那一片片的花，开得如此妖娆，眼前的世界瞬间呈现出如幻如梦的色彩，彰显着一种缥缈的美。

"曼珠沙华,这就是传说中的曼珠沙华。我还是第一次见到,果真是与众不同,你看,花开得如此绚烂,竟然看不到一片叶子。"

她蹲下来,眼睛落在中间最显眼的那一簇花上,望着,似乎陷入到了某种沉思之中。

他拉起她:"这的确是一种美丽得让人眩晕的花,就像我在联邦广场上第一次见到你给我的感觉一样。"

她便咯咯地笑起来,脸上闪着两朵红云,像只小鸟一般,扑进他的怀里。

他们就那样安静地相依着,对我品头论足。

五年前

一叶知秋,曼珠沙华迎来生命的旺季。

她与他再一次站在相同的地方,望着曼珠沙华,却相对无言。

她的手被他握在他的手心里。

他似乎有点伤感,又默默地拥她入怀。

她的泪便忍不住,却靠在他的胸前,低低地说:"我再也回不到从前了。"

她不忍说下去。

他则将她更紧地搂住,同样落下了泪。

她的泪水渗进他的胸膛。

他的泪水则落在她那日渐稀疏的头发上。

过了很久,他说:"会好的,会好的……"

她说:"我以后想去联邦广场看看,你还记得那里的鸽子吗?那些鸽子总是那么快活、自由,真喜欢看一群鸽子在空中翩翩起舞……"

一年前

这是我第一次独自来到这里,在同样的季节,以异样的心情。

曼珠沙华跟我印象中的一样,开在这个山石树木林立之间,舞动在花草之间。我依然记得第一次看到这样的花的感觉,一朵一朵地纵情绽放。放眼望去,眼前的世界火红一片,跟做梦一样。这么多花竞相开放,却看不到一片叶子。

一种花开后没有叶子的花。

是的,那是我第一次看到曼珠沙华。

那一瞬间,我想到了这种花的寓意,一股凉气顺着我的头一直蔓延到我的脚底。在这样的时刻看到曼珠沙华,是不是对我们生活的一种寓意呢?我明白他看出了我的绝望,事实上,我们彼此深知——明天对于我们早已经是一个未知数。

我不敢告诉他自己的真实情况,我们曾经站在联邦广场上发誓:此生,无论如何,无论遇到什么困难,我们都将携手。那是每一对相爱中的青年男女,最庸常却最令当事人深信不疑的誓言。

但是，谁又能想到，他在看到我一天不如一天地陷下去的时候，却无声无息地消失了。桌上的字条里，居然还写着："我相信你一定会活下去，一定会好起来的，等我回来！我一定会找到药治好你的病！"

那一瞬间，我想，他逃跑了，他最终还是丢下了我，回到他妈妈的身边了。

我不得不说，诺言是这个世界上最不可信的东西。

我一把将那纸条撕碎，扔在垃圾桶里。过了不到5秒钟，我又把那些碎纸片抓了出来，散在桌上，莫名其妙地用胶水粘在了一张白纸上。

我将纸条一直随身保留。

夜晚，风吹雨打。窗外，枫树的叶子红了，黄了，落了。

这里的曼珠沙华，年年开放，年年绚烂。有花无叶，有叶无花，曼珠沙华的花与叶，如一对誓死不相见的朋友，在日月交换中各度余生。

半年前

我的花落尽，我的叶子开始葱绿丰盈。

男人站在我的面前，他脸色黯然，身材消瘦，走形得差点认不出来了。他的身影被午后的阳光拉得修长，使他看起来多了几分孤独。

"你在哪里呢?我不是说让你等我吗?难道我们的命运真像这曼珠沙华吗?我找回了治病的药方,你却消失了!"

男人喃喃的声音,伴着压抑的抽泣声,一点一点地飘散在夏日的清风中……

沙漠雨

他回来时,她已经躺在床头,手里拿着书,心却照旧不知道在什么地方悬着。看着他一脸疲惫地走进来,她下意识地看了一眼墙上的表,晚上 11 点。她在内心里叹了口气,眼前不停地浮现出,他望着一个白裙飘飘的背影发呆的画面。无声的痛,撕扯着她的全身,无论她怎么挣扎都难以摆脱。

他没有说话,只是冲她笑一下,笑得有点无奈。她笑不出来。她觉得自己很久都没有笑过了。她甚至怀疑自己是否还有笑的能力。气氛有些沉闷,两个人好像都想打破这种窒息的氛围,可是谁也没有再说一句话。很快,他的鼾声在耳边响起来,她更加难以入眠。早上 5 点,她实在忍不住,推醒了丈夫。

"这么早,怎么了?"

他睁开眼睛,不解地看着她。

"我们,离婚吧!"

"哦!"

他只是这样应了一声,似乎在情理之中又在意料之外。他默然起身,目光从她转向了窗外。天边已经泛起鱼肚白,星星点点的晨光映照着两个模糊的身影。

"你,都想好了?"

他闷声闷气地问了一句,依然背对着她。

"想好了!"

她说得坚定,但她还是清晰地听见自己内心的哭泣声。这么多年的婚姻,哪能说放就放下了,可是,不放又有什么办法呢?男人忙,一天到晚都在她看不见摸不着的地方。她甚至忘记了上一次两个人一起用餐的时间。三层房的空间,她却感觉自己的心无处安放。她的心也和这房子一样,空荡、无着无落。这些年,她想死死地撑起手中的那根线,想跟着他跑。可是,她觉得自己从来都无法抓住他,那根线总在无形中,无声无息地落在某个角落里。她看不到,更摸不着。在所有朋友眼中,她的生活如高耸入云的楼台,可望而不可及。女友说:"真搞不懂你,你到底要什么呢?你不用出去工作,不用面对复杂的社会与人际关系。你甚至连家务都不用做。你出入开豪车、进高档餐厅,意大利餐厅、法国酒吧、英国红茶、爱尔兰咖啡,任你选择,你生活得就像女皇。你看看我们,早上5点起床,准备早餐、照顾孩子与男人之后,自己再上班,开始一天的拼搏。生活中,在便宜几毛钱与几分钱之间犹疑不定也是常有的事儿。你还不满意吗?"

这也是事实。她每次听到这些,就觉得无法反驳。

他对她不好吗?他给她买最新款的车,最高级的香水,高级的名牌包,可是,她也只有这些。当她与朋友们坐在一起喝茶时,在那些羡慕的目光里,她却总是寻不到自己内心的港湾。

她一直想去澳洲的中部,去看看举世闻名的乌鲁鲁巨石。她想与他再次牵手,一起攀爬,一起骑着骆驼走在沙漠里,体验一下原始的苍茫。但是,每次要去的时候,他都会因事儿推迟。

她从三楼的卧室,走到二楼的厨房,为他煮了一杯咖啡,然后放到托盘里递给他。

他将咖啡从托盘里端起,喝了一口说:"你煮的咖啡还是那么好喝。我已经很久没有喝你煮的咖啡了。"

他的声音在冒着热气的咖啡杯后传来,缠绕着一股伤感。她将泪忍到肚子里,只背对着他回了一句:"你那么忙,即使我煮了,你也没有时间喝。"

"我们,一起去沙漠,去看乌鲁鲁巨石吧!"

他的头从咖啡的香气环绕中抬起,看着她坚定地说。

她的心一热,接着却是彻骨透肺的凉。乍暖还寒的清晨里,那杯咖啡,温热不过瞬间,也许唇间的一滴残渣也眨眼消逝。她想:这不过是他为了满足他自己内心不受谴责而已,何必呢?

她本是抵触的,可说出口的却是:"好!"

如以前任何时候一样,她只等他做好一切准备,一样样地装进房车。他们从墨尔本驾车一路北行。看风景与心情的好坏总是成正比,沿途的山川平原与江河湖海,都没给她留下多少印象。当世界上第一巨石出现在她的眼前时,她才忍不住发出一声惊叹。

之后的几天,按照事先他定好的旅行计划,在一名土著导游的带领下,爬巨石、在沙漠里骑骆驼。她想过多次骑着骆驼在沙漠里行走的场景,终究没有想到真实的骆驼是如此高大,令她望而畏惧。她有些犹豫。他先骑到一匹骆驼背上,然后伸出手,一把将她拉上来,安顿她坐在他的前边。高大的骆驼载着他们,穿行在无边无垠的中部沙漠里。一股股烧灼的气息,萦绕全身,她的脸上感觉火辣辣地疼。此时,一阵大风卷着热浪扑来,她被扬沙迷了眼,慌乱地用手揉眼睛,一不小心就朝下滚落下去。

"快,快点躲,快点!"

她慌乱不堪,不知如何是好之时,他的喊声伴着风,传进耳朵里。眼看那高大的骆驼就要踩到自己的身上,她一下向旁边滚下去。此时,他则连滚带爬地来到她的面前:"你怎么样?没受伤吧?"

他的手上滴着血。沙漠里植物上的刺,根根硬如尖刀,但是他似乎根本顾不上查看,只关切地望着她。

"你要是在乎我,怎么会去找别的女人?"

那一刻,她的眼泪汩汩而下,双手紧紧地抓着自己的头发,将头嵌进双膝间。

他则一把将她搂入怀中:"前段时间,我父亲的小妻子来找我,说我父亲肝癌晚期想见我,可是还没等我去,他就走了。这些日子,我痛苦不堪,也想了很多,我已经决定把公司全权交给经理人打理。以后,我将24小时陪你,再也不东奔西跑了。我们也该要个宝宝了。"

她抬起头,风已去,沙漠里居然下起了久违的雨,一点一滴地落在身上。

如影随形

林子杨觉得有点想可可了。但是,她又有些担心,如果可可再次登门,上一回的那一幕会不会在她的眼皮底下重演?

林子杨心事重重地在家里上下走了一圈，家里空荡荡的，保姆徐姐在院子里鼓捣半天了，就那么几盆花还没有浇完，只见她一边拿着手机，一边拿着水壶，漫不经心地在院子里踱步。林子杨看到她这个样子，气就不打一处来，可是又不好发火。这时，她听见徐姐的大嗓门又喊起来了："啥？你说啥？她把我男人带到家里去了？什么意思你说明白点啊！"徐姐的声音大得足够让邻居报警了。

她不得不打开门，提醒她小点声。

找到这样一个保姆，也是个麻烦，仅仅因为说话，他们就已经被邻居举报过好几次了，这让他们丢尽了脸面不说，也给他们的生活带来了不少麻烦。林子杨几次都想把她辞掉，但是一年的合同期还没有满，她又是一个不喜欢做家务的女人，只好忍着。

晚饭的时候，林子杨试探地问丈夫："我有点想可可了，真想让她过来住一段时间。"

说完，她一边装作吃饭，一边认真地观察着丈夫的反应。

"那就随你好了，你的朋友你做主。我经常不在家，你难免寂寞，来了陪陪你也好。"

丈夫的话听不出来高兴还是失落，总之飘出来的是异常平静的声音。

林子杨心里有点不是滋味，她明白，即使自己不邀请，可可也马上要缠着她过来了。既然如此,她又何必不早点地提出邀请呢?

很快,她就将邀请可可的签证事宜安排妥当,可可在视频里那个高兴劲就别提了,她不停地说:"我真是没有白疼你啊,亲爱的。太好了,这些天,我正发愁去哪里好呢,北京这雾霾今年更严重了,这不,你的邀请来了,哎呀,我得出去给你采购,把你爱吃的、喜欢的、允许带的都带给你……"

林子杨看到可可的模样后,又非常后悔,可是已经来不及了。她找不到合适的理由再推翻自己的邀请了。母亲听到她的话后,用眼睛狠狠地瞪了她一眼,数叨道:"我说你是缺心眼呢还是脑子里灌水了?你看不出来那个可可一直想把你丈夫抢走吗?你还主动引狼入室。到时候哭都找不到地方的时候,别说我没提醒你。"

母亲说完,甩门收拾东西去了,她说她最不喜欢可可,她一直叫可可"狐狸精"。林子杨想,母亲回国也好,这样爸爸就不担心没人做早点了,也免得她看到可可不高兴。第二天林子杨就送母亲到墨尔本机场。

一路无言,办登机手续之前,母亲才说:"我也不想说太多,你跟小郭的婚姻本来就没有什么感情基础,那个可可一来,你还能有好下场吗?你看不出来吗,她这个小寡妇,虎视眈眈地盯着小郭呢!你好自为之吧!"

说完,母亲头也不回地走了。

直到母亲的身影消失在人来人往的机场大厅里,她才转身离开。

时间流水一样滑过来又滑过去,林子杨和小郭的生活依然不咸不淡地过着,她觉得现实离自己的梦想越来越遥远了。她与可可就像是一对冤家,离不开割不断。那一年,可可与她新婚的丈夫一起邀请林子杨与几个朋友到北戴河度假。原本他们在海边的浅水处嬉戏,不料想天气突变,巨大的海浪袭来。林子杨被卷入了海水中。可可的丈夫因为救她而失去了生命。那时,看到可可悲痛的眼神,林子杨宁可死去的是自己。可是,一切都已经无法挽回。可可对她开始有了不一样的态度,但她们之间还一直保持着联系。就算林子杨在澳洲结婚,可可也几次来看她。也许是因为她对可可一直怀有愧疚,就算是可可在有意地与自己的丈夫往来时,她依然宽容着她。

可可终于在林子杨的复杂心态中到来。可可一来,林子杨反倒觉得是自己多余了一样,可可还是那么勤快,那么主动地为她担起了很多家务,甚至是连徐姐的分内事儿都帮忙跑来跑去。有那么几天,小郭每天晚上都按时回家吃饭了,而且吃得异常香甜。

晚饭后,在花园里一边喝茶,一边聊天,林子杨反倒像个外人一样,在旁边看着,她忽然发现,就在可可起身背对着自己给小郭倒茶的时候,可可居然掐了他的手指一下。动作那么神速,她感觉到自己的心疼了一下。往事又电影一样浮于眼前。

林子杨就想,也许该到做了断的时候了。

周六的晚上,林子杨说要去参加大学同学的生日晚宴,问小郭和可可要不要去,没有想到他们都表示太累了,要好好休息一下。她说:"晚上不用等我了,我回来得可能会晚一点。"因此她风风火火地提着准备好的蛋糕和红酒离开了。

生日晚会很热闹,但大多数人都有家人陪伴,林子杨有点心不在焉,好不容易应付了半个小时,就快速往家里赶。

徐姐早早地就躲在自己屋里看电视了,客厅里空荡荡的,她轻手轻脚地向楼上走去。这一次,她听从了好友的话——将手机准备好了录像的功能握在手里。果真,传来了对话。

"可可,过去就过去吧,你不能一直陷在过去无法自拔。子杨也不容易,她对你是真心真意地关心,她也很痛苦。我们虽然没有太深的感情基础,但我要跟她好好过日子了……"

传出了可可哭泣的声音。

林子杨心头一热,泪水不由自主地流出来。

有钱了去离婚

将钥匙插进锁孔的一瞬间,他脑子里突然冒出一连串的记忆碎片。那时候,他刚结婚,心被那个叫作幸福的东西填满了,没有一丝缝隙。他只要下班,脚步声在楼道里响起来,她就会风一样打开门,扑到他的怀里。那是世界上最大的幸福啊,他想,这辈子有这样的幸福体验,就是早早去见阎王也值了。

然而,在短暂的幸福体验之后,他只能在梦里或回忆里体验人生那幸福的滋味了。婚姻生活很快就被现实的琐碎击打得七零八落。他的事业一直没有多大进展,结婚时七拼八凑买的一居室,两人不小心走对头都要斜着身子。当初如同孔雀一般的妻子,脸上时时挂着阴冷的表情。尤其是每一次同学聚会之后,她带着一脸的倦怠,不紧不慢地说:"我们同学各个都混得成了人上人,你还记得那个鼻涕虫吗?她天天穿件破烂褂子,一双露着脚趾的鞋子,可是如今都成了公主。哎哟,真是令人难以置信啊!她居然嫁给了班长,人家班长如今混成了大公司 CEO,公司在美国都上市了,资产有几十亿呢!你看,你看!"

妻子指着照片里的一张精致的女人脸说:"你看她那

手提包，一个包就5万块啊，5万，你能想到吗？还有这，你看这个，她穿的这条连衣裙好几千呢？好几千一条裙子，我家里这些衣服加起来都不如人家一条裙子一个包值钱。哎哟，我啊，这辈子跟着你就不指望能穿上千的裙子了。你要是哪天有钱我们搬进大点儿的房子，能有个自在舒适点的空间，就烧高香了。不过，我知道，这就是水中月啊……"

他每次听完妻子的话，都恨不得在地上踩出一条地缝来，把自己摁进去。一个男人的自尊被自己所爱的女人击得七零八碎，一次次一脚脚地踩在地上，蹂躏得如同一只落汤鸡。妻子却似乎没有停止的意思，拿着手机，一张张地翻着聚会的图片说："人啊，真的错一步，就错一生的节奏啊！想当年，我这朵班花，不知道背后围着多少优秀的异性，那真的是任我挑任我选，任我上天堂，任我做神仙。可是，我怎么就没有抓住自己的机会呢？"

女人狠起来，从来都是从伶牙俐齿、面目狰狞开始的。他这样想着，就狠狠地瞪她一眼："你后悔了，你觉得跟着我委屈了？你也不看看你自己现在是什么模样了？你还以为是18岁的妙龄呢？你的腰都赶上楼下那棵百年老槐树了。你再照照镜子，看看你那张脸，你那脸上跟老槐树的树皮也基本没区别了……"

他们就这样，专门跟对方说最狠的话，恨不能一下将对方噎死。然后，再在死去的尸体上跺几脚。争吵到最后，两个人都累了，各自坐在狭小的空间里喘粗气。

他想：等我有钱了，就跟这个女人离婚！

她则想：这样的窝囊废男人，居然说我腰粗脸丑人老，等我保养好了，我就一脚将你踢到西伯利亚，冻死你，让你这辈子也见不到我。

婚姻内的吵架就像一颗不定时炸弹，时刻隐藏在彼此的内心，哪怕是一点风吹草动都能引出一场大火，将两个人烧得皮毛不存。渐渐地，争吵形成一种恶略的自然，彼此成了各自生活中的一颗大头钉，看着碍眼，摸着扎手，拔掉手疼，扔掉心疼，留着又头疼。

于是，他们决定暂时分开两年，他搬出了家，她则与儿子留在家中。双方都有些欢天喜地的成分。

开门的一瞬间，他的头脑里就闪出这些电影镜头一样的思绪，占据着他的身心。他有些解气地想：嗯，想不到吧，你这个鼠目寸光的女人，你肯定想不到有一天，我也能出人头地。他推开门，想着自己马上就要彻底离开这个女人了，内心里有点说不清的复杂。

他未料到，女人比他先一步开了门，他一愣。这是分开第一次相见。在他将目光对准女人的脸时，禁不住愣住了，他赶紧看了看自家的门牌号，以为走错了。女人的脸上闪耀出少女一般的光泽；腰也从老槐树变成了杨柳枝；

女人穿着一条旗袍，仿佛回到了少女时代。她居然微笑地看着他，这笑容使他不由心动，他想：她什么时候变得这么美了？她旗袍前胸的牡丹花，如活了一般牵引着他的心跳。

他就那样看着女人，那些准备了好几天的话，一个字也没有说出口。他居然不由自主地上前，将女人一把搂进怀里。紧紧地，生怕她飞了一般。

女人在他的怀里，洒下两条小溪，用柔弱的手捶着他，嗔怪着说："你这个没心肝的，你这个没良心的。"

男人的心火辣辣地燃烧起来，只是将她搂得更紧，口气生硬地说："明天去看房！"

转　折

她收拾办公桌上的东西，心里七上八下地打鼓。

对面的澳洲人安迪时不时地看看她，终于忍不住了，他站起来问："艾米，你真的要回中国了？你的意思是再也不会回来了吗？"

艾米也停下来，心里突然有种酸楚，对面这个高高大大的澳洲男孩，跟自己一个办公室已经三年了。在这三年的时间里，他似乎成了她爱情的见证者，她的喜悦，她的悲伤，他都愿意倾听。他跟着她高兴，跟着她悲伤。他经常会在她伤心的时候忧伤地说："那个家伙怎么就不知道珍惜你呢？他为什么还要这样伤害你？你是那么优秀的女孩。"

安迪为此愤愤不平。

艾米记忆最深的是，有一次，他们一起坐火车到城中心走访客户，火车上一个女人突然对着艾米大声辱骂，什么"滚回中国去"等难听的字眼，艾米有点丈二和尚摸不着头脑，她好一会儿才反应过来，发现这个女人长着一身的肥肉，正凶神恶煞地对着无辜的她大骂。还没等她说话，安迪已经一个箭步冲上来，严肃地制止了她。那一瞬间，他第一个动作就是将艾米拉到自己身后，用身体挡住她。他还与周围的人们一起要求那个女人道歉，并报了警，为艾米出面将这件意外之事儿处理得令人感动。

艾米因为长得漂亮又打扮得时髦靓丽，成为焦点也是正常的。但漂亮在许多时候也是麻烦的代名词。自从与安迪一起工作以来，安迪似乎就成了她的保护神。他总是在她需要的时候保护她，为她打抱不平。安迪甚至直截了当地问艾米："你如果没有男朋友，我可以追你吗？"但是艾米拒绝了他。她说她与男朋友已经相恋八年。这八年的时间，彼此都已经成了对方生命里的一部分。他们有执子之手,与子偕老的约定。

艾米不能打破这样美好的承诺。况且,她爱他爱到可以付出自己的生命。

安迪听到这些,自然是非常失望的。

他甚至已经开始报了中文班学习起中文,时不时地问艾米一些有关中国的问题。艾米很聪明,知道安迪做这些是因为喜欢自己。她深爱着心中的他,只等着他来澳洲或者自己回国去二人团聚。

可是,事情并没有那么简单。

他们曾经相约,等艾米毕业后就先在澳洲工作几年,得到一些海外工作的经历,再回国去发展。可是,艾米每次说要回去的时候,他都说:"不急,你在那边好不容易找到一份这样好的工作,工资又高,多工作几年回来咱们就可以买房子了。"第一次听到这些话的时候,艾米心里有点酸楚,自己一个人好不容易拿下了学位,又在澳洲找到了工作。就算这里再好也不是家,她想家,想父母,更想快点与他团聚。可是,他居然这样说,说得如此轻松,似乎根本就没有考虑过她的感受。

她半天无语。他也并没有说什么。从前在微信上固定时间的视频有一天突然莫名其妙就被取消了。他并没有解释,只是说工作太忙,可能无法保证视频了。但是她发现从那一天开始,他们就似乎再也没有视频过了。

他的生活和工作变得模糊起来。从前，他是透明的，她能看得到他的一切，现在他突然将自己包裹了起来，她看不见，也猜不透。有一种奇怪的感觉，在她的身体里蔓延，她变得整日焦虑不安。

有一天，她突然在午饭的时间问安迪："如果你在有女朋友的时候爱上了别人，你会怎么做？"

"你怎么了？他出轨了？"

安迪的话令她大吃一惊。

她只是愣愣地看着他，答不上来。

"对不起，我不是故意的。不过，你最近总是心神不宁，现在你又问这样的问题，一定与那个家伙有关。"

安迪一直叫他"那个家伙"，口气里有着莫名的嫉妒。艾米是明白的，可是她的心不在这里，她只想知道，男人为什么突然就成了一个粽子，将自己包裹得严严实实，密不透风，让她想了解都无从下手。

她为此寝食难安。

她终于有点撑不下去了，她现在联系不到他是常事。微信信息不回，却有时间在那里发朋友圈；最令她不安的是，他们共同的同学无意中问她：你和他分手了吗？他朋友圈那个女孩子是谁啊？

她赶紧去翻看他的朋友圈，却怎么也没有找到，原来她是被他排除在外的，她看不到他的某些动态了。她知道，他与她之间隔着的已经不是千山万水。

心与心的距离是最遥远的。

机场里，人来人往，她终究还是有些留恋，安迪忍不住拉住她："如果，如果他真的离开了你，我会去中国找你！"

她最终还是没有忍住眼泪。

青砖围墙

从这个春天开始到夏天的转变过程中，雨林变得越来越不可思议。他经常在晚上10点以后回家，带着满身疲惫。第二天早上起来，没有见到他就已经上班了。我几次问他到底怎么了，他只淡淡地说：没事，最近工作总是要加班。再问，他就不再说话了。这在我们婚后5年的时光里，是极为不寻常的。他不嗜烟酒，没有泡吧的习惯，之前的工作从不需要加班，他是那种恨不得没有下班就回家的男人。那么，在下班之后的这几个小时中，他去了哪里成了我心里的谜。

有一天，好友诺诺说，一天晚上她在蒙纳什大学的门口看到雨林正在跟一个很漂亮的女生说话。诺诺说这话的时候，带着不明的暧昧。我听了在不安的同时更加气愤：

好你个雨林，难道你忘了当初要死要活要跟我结婚的情景吗？

雨林认识我的时候，我已经 28 岁，用母亲的话说我已经成了剩女。她没日没夜地在我耳边说：人家谁谁的闺女昨天生孩子了，比你还小两岁呢！你连个交往的人都没有，你差到哪里了？你说你长得出众，又有才华，工作也风光，怎么就找不到个可以结婚的人呢？可愁死我了……

面对母亲的唠叨，我只能以沉默对之。眼看那么多朋友与同学结婚后的生活过得不温不火，不咸不淡。今天这个离了，明天那个正在离婚的路上，我就头大。谁说我找不到结婚对象的？是我不想找。直到雨林出现在我的生活中。

那天，我坐飞机从墨尔本回北京，飞机上，我多数时间都是读书来打发的。邻座是一个英俊高大的男孩，我们只是礼貌地点头微笑算是打过招呼。醒来后已经半夜，气温有点低，我把毯子盖在身上，还是觉得冷。穿着丝袜的双腿被一阵阵的寒凉袭击。我想起身拿衣服，但是又怕打扰了其他人。只好忍着。

"给你，用这条！"

一条毯子出现在我眼前，我抬头见是身边的大男孩，他的脸上正洋溢着淡淡的笑，双手托着一条毯子。我说："谢谢，还是你自己用吧！"

他手一松，毯子落在了我的腿上，轻描淡写地说："给你你就用！"

他的语气不容反驳，令我无法推辞。

一夜无言，终于到北京了。我起身，直到把座位收拾平整，叠好了两条毯子整齐地放好后才松了口气。一抬头，发现那个男孩居然也跟我做着同样的动作。他对我笑了一下。

在机场大厅里，我一眼就见到了等候在那里的母亲，她正喊着我的名字。

"阿姨，您好。"

还没等我说话，却见到身边有人跟母亲打招呼。

母亲和我同时抬头看——原来是飞机上那个男孩。我的脸一下晴转阴，仿佛被人跟踪了一般不舒服。

"阿姨，我是冰冰的朋友，我叫雨林。很高兴认识您。"

天啊，他居然听到了母亲叫我的名字！

母亲把他上下左右地打量了一番，脸上立刻出现了花一样的笑容："雨林，哎哟，有诗意的名字啊！你说你是我们家冰冰的朋友？你今年多大了？"

"妈妈！"我拉了一下母亲，小声说我并不认识他。可是母亲对我置之不理，她跟男孩聊得颇为投缘。

我百口莫辩，尽管雨林报出的年龄比我小6岁，却还是瞬间得到了母亲的赏识。此后，他对我展开了强势的追求，到处都是他的身影。母亲也劝我说:"你都快30了,人家才24,用你们年轻人的话说,那就是小鲜肉一枚。我看人从来不会错,这个男孩子值得托付终身。你还等什么?"

为了让我嫁出去,母亲也是拼了。

半年后,在我29岁生日那天,我和雨林举行了隆重的婚礼。之后,我们又一起返回了墨尔本。婚后这5年,雨林真的如母亲所说的那样。别看他比我小6岁,但是他表现出来的绝对是成熟的,对我照顾有加,一切以我为中心。

我原本以为我们会这样幸福下去,携手到老。

我的脑海里闪现出历历往事,心头仿佛被压上了一块大石头。

院子外边是稀疏的行人,太阳火烤一般将房间照得火热。邻居家的大狗又跑到我家的大树下方便,这令我极其反感,没有围墙的院子总觉得少了点什么。

晚饭后,雨林将一张机票递给我说:"爸爸妈妈已经到新西兰了,这是你的机票,明早8点,你去陪他们玩一段时间吧!"

他说得漫不经心,我的心却七上八下。

我飞到新西兰皇后镇见到父母。新西兰绝美的风景,令我的心暂时忘却了疑惑与不安,跟他们度过了一段愉快的旅行时光。父母一直夸奖雨林是个孝顺的女婿,而我的心里却是五味杂陈。

两周后,我带父母一起回到墨尔本。当我到家门口的一刹那,被眼前的情景惊呆了:一道青砖围墙已经在我们家前院的大树下高高耸起。围墙看上去很亲切,是传统的中国式围墙,显得如此与众不同。

"为了圆你青砖围墙的梦,雨林整个春天下班后都去上课学习建筑,跟建筑工人学习如何垒墙。你看,我的眼光没有错,雨林是个多么好的丈夫啊!"

母亲笑得合不拢嘴。

围墙下,雨林正向我们走来,他那白皙的脸已经被晒黑了许多,依然如飞机上我们初次相见时一样,温暖地看着我笑。

桃花泪

"我找你5年了,你知道吗?我,找你5年了!"

那天,他在电话的那一端,张口就说出了这句话。他的语气急切,带着一点埋怨,她甚至听出了几分恶狠狠的味道。她握着手机,眼前浮现出关于他的点点滴滴来。

冬天的黄昏,京城干冷多风。尽管穿得像被包裹起来的皮球,她的手依旧冰凉。他喜欢在她办公楼下的咖啡厅里，一边喝爱尔兰咖啡，一边等她下班。她出电梯，一抬眼，就能看到他端着一杯冒着热气的蓝山咖啡向她走来。

眼前闪现出这些画面时，似乎已经过去了很多年。

听着他熟悉的声音，手机被她攥出了一层密密麻麻的汗，却不知道该如何回答。

"对不起，我刚才不该那样跟你说话。"

他还是和从前一样道歉。

"你还好吗？冬天，你的手还是那么凉吗？"

"嗯，还好。你，好吗？"

春风在她眼前飘过，她的心突然一热，差点掉了泪。

"你不要挂电话，我好不容易找到你，找得很辛苦。"

他的声音有点哽咽。窗外，一树桃花正慢悠悠地被季节的风，吹得纷纷扬扬，如他与她彼此碎了一地的悲伤。

她说："嗯。"

他问："过得好吗？"

"很好。"

"你这一走就是10年，从来没有想过告诉我一声？"

他恢复了平静的语气。她，却在这平静之下，感觉到灵魂深处奔腾起来的汹涌与责怪。

她再次落泪，想起10年的时光，她似乎再也包裹不住那在内心深处的委屈。一直强忍着的眼泪，还是落了下来，一滴又一滴。春风落在玻璃上，带进了一地桃花对春深的眷恋。她任凭自己泪水泛滥,曾经在心底里想过多少次的话,再说不出一个字。

"你哭了?"

"没。"

"我知道你哭了。你一不说话就爱哭。还记得吗?那年,二月,北京的风呼呼地刮,刮得人耳朵生疼。你二姨拉着你去国贸相亲,你在咖啡厅门口偷着给我打电话救场。我当时正在去往苹果园的地铁上,二话没说就在最近站下车,转身就上了开往东边的地铁。你可能从来都不知道,一路上,我心里都是慌乱的。我当时就想,那些埋在我心头的话,我从来不敢对你说过的话,那些在我内心对你说了无数次的话,我再不说也许这辈子也没有机会了。当我下了地铁跌跌撞撞地跑到咖啡厅,在二楼找到你时,看到你坐在我们经常坐的座位上,一个帅气的家伙坐在你的对面,我一下就蹿出了火。可是,我一直没有说出那句藏在我心底的话……"

她怎么会忘记呢?她对相亲毫无兴趣,却被二姨一路拉进了咖啡厅。她借口去卫生间,才有机会到门口给他打电话救场。他风风火火地来了,走到身边就拉起她说:"你真是个孩子,跟我吵了几句嘴就跑来相亲。亲爱的,你可不能这样啊,我错了,我错了,我以后再也不惹你生气了。走吧,你不就是想要一件8万块的貂毛大衣吗?我只不过是犹豫了一下,你就生气了。走,咱们去买。"

她完全被他这戏剧般的台词说晕了头,只能任凭他拉着她向外走。他走到门口,还不忘了回头冲那位可怜的小伙子说:"哥们,对不起,我们家这主儿脾气大,还爱花钱,我惹不起啊!这不,吵了两句她就跑来跟你相亲了。得罪,得罪了!"

她当时死死地捂着嘴,才没有笑出声。认识他这么多年,她怎么不知道他还有如此高超的表演才能呢!到了楼下,望着熙熙攘攘的人群,她甩开他的手:"看不出来,你还会演戏!还说我要买8万块钱的貂毛大衣,你是怎么想出来的?这么黑我!人家还以为我是拜金女呢,我连8000块的衣服也没有买过。"

他则哈哈地笑着,摸了摸自己的头,一副没心没肺的表情:"反正,你也不喜欢那小子,管他怎么想。"

她的眼前随着他的话,串起了那些年的点滴。他是一位才华横溢的画家,她则是文采飞扬的记者,他们一直如兄妹如亲人一样相处。他很少说话,却总是在她需要时伸出手。他精通中医,说她气血不足,总是默默地带给她一盒盒的桃胶,让她补血。时光一晃,就将她推到谈婚论嫁的年龄。她知道他明明是喜欢自己的,为什么不肯开口说出那几个字?

这个问题困扰着她,当他一次又一次在冬日的黄昏,手捧咖啡出现在电梯口等她的时候，那种温暖与幸福总是瞬间流遍全身。她望着他，却终究问不出心口那句话。

时光像护城河的水，悠悠地流走。转眼又是一年，她突然发现不知道从哪一天开始，电梯口端着爱尔兰咖啡等她的身影不见了。

他开始说自己去南方采风了，要过段时间才回来，其间还给她快递了几盒桃胶。电话中，他的声音听起来遥远、空旷，如自天边飘来，她听得有些恍惚。

后来，他的电话再也打不通了。她一等再等，最终也没有等来他的消息。30岁那年，在父母的施压之下，她答应了暗恋自己多年的大学同学的求婚。

她的眼泪似一串串珍珠，滴落而下。

"那年，我在体检中得了病，很重。我本来是想病好了再告诉你，可一直时好时坏。你那么爱哭，我不想告诉你，这样断断续续地过了几年，听说你结婚了，出国了，觉得再也没有必要打扰你了。"

"那，你为什么还要联系我？"

她哭喊出这句话，已经泣不成声。

"病一直没有好，医生说我可能活不过今年，我不想让你恨我一辈子。我爱你，一直爱。这些年，我买了很多盒无法送出的桃胶，还有一件貂毛大衣……"

他声音哽咽，通过手机发过来一张照片，上边是一摞桃胶，一件紫色的貂毛大衣，后边是脱形的他。

完美相约

墨尔本的冬天，一夜之间就落到了人的额头上。老旧的木屋中，散发着光阴的味道。壁炉中的炭火，烧得正旺，突突地向上蹿。你整日靠在椅子上，腿上的毛毯掉了一次又一次，此起彼伏的咳嗽声，成了这座老房里最大的动静。

我的拐杖，随着挪动的脚步，声声敲在木地板上。我是从何时起如此讨厌这种声音的？已经记不清了。时光的脚步每向前迈一步，我的心都会使劲地缩紧一下。每一次心脏的紧缩，都不由自主地让我感到了死亡的威胁。夜晚，对面房子的生日晚会的音乐，在寂静的夜里，随着寒风传进耳朵里，越发震耳欲聋。音乐的嘈杂与你的咳嗽声凌乱地交织在一起，令我们无法入眠。你不得不一次次地坐起来，靠在床头，上气不接下气地咳嗽，然后一次次地说："真是折磨人啊，为什么不直接让我死掉呢？哎，那样似乎也不行，亲爱的玛格丽特，我一死了之，你可怎么办呢？"

你每一天都在絮絮叨叨地重复着这几句话。这样的重复使得你看上去疲惫、倦怠，缠绕着解不开甩不掉的复杂。

入冬之后的每一个夜晚，你都在这样的矛盾之中度过，而我，只能在黑夜里用心摸索着我们携手68年走过的岁月。这才发现，年轻的时光是短暂而忙碌的，四个儿女都长大了，18岁以后先后离开了家，走得越来越远了。生活似乎又恢复到了我们刚刚结婚的那段时光里，只有我们两个人。不同的是，我和你都不再是从前的我们了，我们行动渐渐缓慢，衰老正在一天天地向我们逼近。守在这座陈旧不堪的房子里，木地板在我们的踩踏之下，一天天地发着"吱吱呀呀"的响声，成了我们沉寂生活的全部音符。

灯光之下，火炉旁，经过了一阵阵剧烈的咳嗽，你，终于靠在椅子上睡着了，轻微的呼吸声伴随着温热的炉火，让你的脸有了一丝血色。你鬓角的银丝，在炉火的光芒里，折射出雪一样的苍白。你的身体不时地抖动一下，似乎是被什么东西吓着了一般。突然想起你在婚礼上的誓言："愿我们一起走过人生，走过生死，若你不在，我决不独自活在人世。因为，你就是我的全部。"人生如梦，一晃就是60年，这些话，每一天都会在我脑海里浮现。你总是牵着我的手，走过生活的每一步。刮风下雨的日子，你是一把挡在我头顶上的伞；快乐时，你是那首欢乐的乐曲；遇到危险时，你是那个将我挡在身后的英雄；痛苦时，你是我的安慰剂。你总是有能力让我快乐、让我摆脱痛苦、让我的心获得巨大的安全感。我知道，正是你不忍心丢下我一个人，才不得不苦苦地挣扎在疾病带来的痛苦之中。

我明白，如果没有我，凭着你的性格，早就放弃了。

冬日的阳光，对我们来说真是贵如金。我推着你，走在湖边。没几分钟，被风湿折磨的双腿，使我每走一步都能感觉到钻心的疼痛。从前，我们在王子公园散步时，手牵手，无论朝阳还是余晖，都会让我们感觉到快乐。而今，我们竟然顾不上欣赏与享受这些大自然的馈赠了。我们所能感觉到的只有疾病带给我们的疼痛，精神与肉体都受着双重的折磨。

几只凤头鹦鹉在头顶上掠过，带过一阵阵的寒风。那白色的翅膀扑打在空气中，传出一声声欢叫。那是我们曾经最喜欢的声音，而今却总觉得这种凤头鹦鹉的叫声很吵，就如同嘲笑我们在风中不断衰退的身躯，令人沮丧。

"真是受罪啊，又连累你。"

在回来的路上，你又一次重复这句话。自从你行动不自由以后，这句话成了你口中最频繁的字眼。你这一生，最怕的就是给别人带来麻烦，哪怕是最亲近的人。无人知道这句话里，藏着你多少沮丧、失望与无能为力！我每一次都要不停地安慰你。这一次，我突然沉默了，我不是厌烦了安慰，而是觉察到了这种安慰的无力与苍白。

狂风暴雨的冬夜，你依然被咳嗽折磨得无法入眠。我们依偎在火炉边，生日蛋糕在咖啡桌上散发着甜丝丝的光芒。从第一次一起过生日，到现在，我们一起度过了70个生日，携手走过了68年的婚姻。我们也应该是幸运的了，能够一起走过人生的68年，从青年到暮年，该经历的我们都经历过了。烛光摇曳中，你默默地望着我，几次欲言又止。最后，你只轻轻地握住我的手。你的手凉、无力、瘦且青筋突出。那个在我头脑里一直盘旋的想法再次闪现。这一瞬间，我紧紧地握住你的手，讲出了我这个冬天一直想说出的话。

我紧张地望着你，那一刻，我能清晰地听到烛光的噗噗声。

你只是将我的手握得更紧，笑着说："亲爱的，这真是再好不过的想法了！谢谢你！"

得到你的认可后，我突然觉得内心与精神都轻松了很多。于是，我们开始了准备，准备着这场人生的归途。当房子与所有的财产都得到妥善的安排之后，我们又跟瑞士的相关部门取得了联系。一个阳光明媚的清晨，我们在瑞士的一个明亮的房间里，并排躺下，十指相扣。护士手中拿着针管，轻声细语地问："你们准备好了吗？"

你我相视一笑："准备好了！"

"亲爱的玛格丽特，感谢今生有你相伴，我们来生再见！"

针管里的药液正一点一点地被推进我们的身体里,我的目光一刻不停地望着你,一幅人生的长卷慢慢地在我的眼前打开,又关上。我默默地说:"亲爱的罗伯特,天堂见！"

孔雀开屏

斜阳散淡,恰似窗前的那株山茶,虽然郁郁葱葱地开放着,却有些像这个季节的风,夹杂着些许漫不经心。她靠在楠木大床上,床头的雕花以及木刻孔雀,栩栩如生。

渐行渐近的夕阳,终究还是透过硕大的玻璃窗,洒下半地的金黄。她用手抚摸着床头的木雕孔雀,幽幽地说:"孔雀开屏,是世间最美的画！多想能永远这样看着你、守着你……"

她的声音忧伤而恍然。在那张经过 95 年风吹雨打的脸上,是掩饰不住的倦怠。

她生命中的那一年,一如昨天。可是,她已经从青丝到白发。

那年,她正值二八年华,宛如三月桃花的脸,灼灼其华。长发如瀑,摇曳在腰。每迈一步都洋溢着青春的风情。

因为家道殷实，父亲博学，也算是思想开放之人，她被送进了新学堂。那是一段她人生中最美的时光，她接触了新思想，更接触到了一些带来新思想的人。她的脑子里全是解救苍生于水火的豪情壮志。学校里的骨干还组建了各种各样的学生社团，宣传进步思想与爱国情怀。她也参加了一个叫"孔雀开屏"的文学社团。

她先是被这个美丽的名字吸引了。社团的创始人是刚刚从法国留学回来的进步青年，瘦高个、架着眼镜，脸上时时飘荡着特有的睿智。他的语言尤其具有吸引力，他说："生而为人，不能为亿万民众造福，不能解救民众疾苦，不如一头撞死在猪圈里。"

他生动而富有激情的语言，忧国忧民的情怀吸引了不少革命女生，这其中就包括她。但是，她本性羞涩，家教又严。虽然天资聪颖、容貌不凡，却总是一个人躲在角落里。他的一举一动，一言一行，哪怕是他的一个眼神都是她眼中的风景。一次，社团组织大家写话剧《孔雀开屏》，谁写得好就要用来排舞台话剧。那是她第一次提笔写剧本，用了三个晚上的时间，才忐忑不安地交了上去。

她虽然抱着极大的执笔热情，却没有抱太大的希望。毕竟，社团里高手如云，与他们比起来，她不过是一个怀着梦想的天真少女。

但是，社团公布的结果却让她惊讶，只有她的《孔雀开屏》入选了,并且要排成话剧。

大家为女主角的人选争论不休,他却一语定乾坤:"我看作者本人就是《孔雀开屏》的最佳人选!她具有女主人公的一切气质!"

那一次,她惊讶地看着他迎过来的目光。那也是她第一次直视他的目光。四目相对,柔情四起,秋风萧瑟中,却播种下了爱的种子。

《孔雀开屏》的排练过程中,他们配合默契,秋波频递,爱一日深似一日。那天,公演得到了全校的好评,还因此上了北平的各大报纸。从此,他们二人正式成为革命队伍中的一员。《孔雀开屏》也因此成为他们筹款进行革命活动的重要渠道。

那一年,《孔雀开屏》开在北平城的每一个角落里。多少个身着旗袍的女子为之迷恋与疯狂。她与他都成了令人羡慕的明星,这为他们以后的地下行动提供了极为有利的条件。

偶尔闲时,他牵着她的手,散步在优美的北海公园。他最美的情话就是——以后,你要为我生两个与你一样漂亮的女儿。她羞红了脸,将头深深埋进他的胸膛里。他则用手抚摸着她如瀑的长发,爱语呢喃。

那时刻,北海公园的水都静止了。

"如果有一天我不在了,请你一定要好好生活下去,坚持将革命工作进行到底。"

他将她紧拥在怀,眼望远方的天空,幽幽地说。

他从怀里掏出一个精美的玉坠,一个孔雀开屏的玉坠美轮美奂地在她的手里开屏绽放。

他说:"它会佑你平安!无论如何,你要坚强,记住,我永远爱你!"

动荡岁月里的爱情总是与家国的命运休戚相关。她依然清晰地记得,最后一次,为了掩护队友安全撤退,《孔雀开屏》一场接一场地公演。就在最后一场演出中,他与她被一群持枪人抓了去。从此,她与他就被分开了。后来,她被人解救出来,天天寻找,四处打听他的下落,却终究一无所获。组织也在为他的下落四处活动,可他就像从人间消失了一样,杳无音信。

没有了他,她将《孔雀开屏》封在岁月里,带着有些悲壮的意志彻底走上了革命的道路。

春秋更替,转眼时光又过了10年。她跨过了青春的门槛,没有他的日子里,思念如雨如风。多少次,她站在北海的湖边,想一死了之。可是,他那句"你一定要坚强地活下去,将革命工作进行到底"的话却萦绕耳际。

再次见到他是多年以后,他躺在冰冷的墓地里。泪水,小溪一般顺着脸颊哗哗地流淌。曾经一起工作过的同志,终于不忍地告诉她:当年,为了保护她,为了让她出狱获得自由，他才牺牲的。

时光荏苒，她似乎听到了他的呼唤声。望着床头精致的开屏孔雀，握在掌心里的孔雀开屏的玉坠，她终于开心地笑了，她知道，他一定是在等她一起再演《孔雀开屏》。

凤凰旗袍

秋风萧瑟，时光寒凉，奶奶的身体也跟着日渐消瘦下去。残阳隐去的一刹那，奶奶眼望天边，无力地对父亲说："去，把箱子打开！"

"箱子？"

母亲看着奶奶，满脸疑惑。奶奶看了看父亲，父亲点点头。他接过奶奶手里的钥匙，轻车熟路地从奶奶的床底下拉过一只老旧的皮箱。父亲将皮箱用双手捧起来，小心翼翼地放在桌子上。回头对母亲说："还不去拿块抹布？傻站着干啥！"

母亲一边往外走，一边嘟囔："这么多年我居然不知道妈的床下还有这么一只箱子，真够神秘的！"

夕阳的余晖，从发黄的玻璃里透过来，斜射在屋内，把奶奶的脸映衬成一片昏黄。

父亲很仔细地把皮箱擦了又擦，皮箱终于露出了本色来。这样的皮箱，我都是在以前电影的镜头里看过，一个大家闺秀身着旗袍，手里提着一只这样的皮箱，站在熙熙攘攘的旧市街头，神色匆忙地拦着黄包车。父亲转身又去洗了洗手上沾染的灰尘，才郑重其事地打开了箱子。

在箱子打开刹那，一片耀眼的红色呼一下包围了整个房间。我和母亲都靠到近前去看，发现箱子里躺着一件红色的旗袍。父亲用双手拿起来，像捧着一件圣物，郑重地走到奶奶的床前。

"打开！"

奶奶的声音里突然有了种力量。此时，奶奶已经卧病多日，从春天到秋天，奶奶几乎都是在床上度过的。爷爷在这个春天走了，走的时候，似乎也是这样一个屋子里布满夕阳余晖的傍晚。爷爷走的那天晚上，素来身体健康的奶奶却病了。这一病，奶奶就再也没有好起来。

父亲将旗袍"哗啦"一声展开，旗袍上绣着一只金色的凤凰，凤凰的头在左胸部，凤凰的身体穿越了腰间，一直延伸到旗袍右侧的开衩位置。旗袍是鲜艳的红色，传统的中国红，在金色凤凰的映照下，放着夺目的光辉。可以看出凤凰是一针一线用手工绣上去的，栩栩如生，是一种腾飞的姿势。我与母亲都被这件旗袍镇住了。

奶奶伸过干枯的双手，轻轻地将旗袍接过来，放在双腿上。她的双手在触摸到凤凰的一瞬间,眼泪就滴滴叭叭地落下来。一滴滴地落到凤凰的头上。奶奶的双手一寸寸地在旗袍上抚摸着,尤其是在那只金色的凤凰上,像是要用她带着体温的手,唤活这只凤凰一般。仔细、庄重、温柔。

"凤凰,这是不同寻常的凤凰啊!"

奶奶开始跟我们讲述这只凤凰的故事。

民国二十五年,京东第一府的大户人家张天翼的家中正举行一场热热闹闹的婚礼。送亲的队伍从院里一直排到了府门外两里地,陪嫁的马车一辆挨着一辆,看热闹的人群里三层外三层,硬生生地挤成了一堵人墙。在人墙外,一个戴眼镜穿着长衫的青年,愁容满面地望着。

今天是张府的三小姐与西城高府大少爷成亲的日子。唢呐声声,一曲《百鸟朝凤》响彻府门内外。迎亲的小汽车已经在门外等候多时了。但是三小姐还迟迟没有出来。屋内,张天翼正在对最疼爱的女儿进行教育:"那个穷书生有什么好爱的?人家高公子不仅家境好,还留过洋,你进门后依然过着富有的日子。这才是我张天翼的女儿该有的生活!赶快收拾好上车去吧!"

三小姐的双眼已经红肿,哭得上气不接下气。她见拗不过父亲,便从柜子里拿出一件红旗袍说:"父亲非要让我跟高公子结婚,我今天就穿着这件旗袍才可以。"

张天翼无奈地点头，吩咐丫鬟婆子伺候小姐。

三小姐穿着绣着金色凤凰的旗袍，走上了迎亲的小车。在上车前，她的眼睛在人群中迅速地搜索了一番，然后才缓缓地上了车。

车在开进城西最偏僻的三人巷时，莫名其妙地出了事。顿时烟雾弥漫了整个巷子，在混乱之中，穿着大红凤凰旗袍的三小姐不见了。

抢走三小姐的正是人墙外那个表面看起来弱不禁风的书生，他其实是当时京东第一府内地下党的骨干。那件旗袍就是青年特意为三小姐定制的。他们早已经商定好了，如果结婚那天三小姐穿着这件旗袍，就说明她想跟他一起走。

那青年就是我爷爷，三小姐就是奶奶。时光弯弯绕绕，风雨伴随一生，爷爷奶奶却不离不弃。

"哥，凤凰要去找你了，你等着我！"

被奶奶苍凉的声音惊醒，我们都把目光齐刷刷地看向奶奶，竟然没有发现奶奶已经穿上了旗袍，神色安然地躺着。她的双手交叉在一起，整齐地放在凤凰的头上。

"凤凰"是奶奶的小名，奶奶穿着凤凰旗袍去找爷爷了！

祖父往事

江姓女子找上门时,祖母正坐在院子的枣树下缝着一件多年前的卡其色长衫。长衫是祖父年轻时穿过的,风花雪月地闲置了几十年。祖父突然找出来,里里外外、翻来覆去地看了半天,然后拿到祖母面前说:"你把这件长衫修补修补。"

祖母便接了过来,将一把竹藤椅搬到枣树下检查。时值仲夏,树上的枣一串连着一串,压得枝枝蔓蔓弯着腰。祖母欢喜地看着满树的枣,自言自语地说:"这枣树,年年都长这么多的枣,喜人呢!"祖母的话音还在空中悬着,院门就被人推开了一条缝。一张女人的脸探进来,东张西望地扫了一圈,然后直接朝祖母走了过来。

祖母先是一愣,不过脸上很快就恢复了如往的平静。她不慌不忙地穿针引线,一条咖色的线在她的双指之间打了一个结,然后就旁若无人地缝了起来。陌生女子走到祖母的身边,有点怯生生地蹲下身姿,打量了一下祖母。复又站起身,张了张口,却没有说出一句话。

祖母停下手里的针线,站起来,平视着女子。女子穿着一件看起来已经有些年头的中式上衣。衣领处的盘扣露出了白白的毛毛边，黑色长裤的裤脚，也磨出了毛边。女子一头短发，白发时不时地跑到眼前来，她就时不时用手甩一下。那动作使她整个人看着有些不协调。祖母看完了，回头冲着厅门喊了一句："先生，你的客人来了。"

说完，祖母拉过一把竹藤椅，放到女子的身边说："坐，坐，有话慢慢说吧，这么多年了，你也该好好说说了，不然憋在心里咽也咽不下去，难受！"

祖母的话不轻不重，听不出语气有任何变化，她脸色平静如水。虽然眼前第一次出现这样一个女子，但是她仿佛早就认识了一样。祖父手里的两个核桃在掌心里转来转去，看到女子，往上提了提眼镜，平静地走过来，坐到了祖母给准备的竹藤椅上，看了看女子的脸说："哎哟，你看看这都多少年了，你的头发都白了！"

女子自从看到祖父那一瞬间，脸上的表情就明显不淡定了。她的眼光一刻也没有在祖父的身上移开过，就那样旁若无人地望着祖父。祖母看到了，轻咳一声，对女人说："哎哟，您怎么还没有改改这毛病？一个女人这样看一个男人不合适，跟八辈子没见过男人似的。淡定，淡定。"

女子的脸红了，她低了头，不说话。

空气里有些沉重，树上的枣被风吹得发出了起伏不平的曲子。"啪嗒"一声，一颗青枣落在椅子边的地面上。祖母顺手捡起来，放在手心里自顾自地说："一颗枣等不到秋天成熟就掉下来了，废了！这就是命啊，它不成器，你非指望它长到秋天，也是受罪不是？"祖母的话令人摸不着头脑。祖父悄悄地用一只手拉拉祖母的衣襟，然后又递过一个微笑，一个眼神。祖母便继续缝起了长衫。

女子的头几乎跌到了膝盖上。她搓着双手，脚也没地放一般，不安地动来动去。

祖父说："我师傅都走了20多年了，到死也没有原谅我。我们之间也的确该有个说法了。"

祖父年轻时，聪明好学。因为生活所迫，他19岁就跟着别人从永平府出山海关，又入关到东北境内闯荡生活了。那时，他已经跟祖母成亲并有了两个女儿。后来，他在大连遇到正招学徒的江老先生。于是，祖父抱着试试运气的心理也去了，不想一表人才的祖父一下就被江老先生看中而成了三位学徒之一。祖父聪明好学，才三个月的时间，就认识了全部的草药并记住了所有草药的药性，因此，深得江老先生的赏识。在其他两个学徒还在店里跑腿的时候，祖父就被江老先生带去一起出诊。江老先生家中只有一个16岁的小女儿江碧青。江老先生本是看上了一表人才而又聪明的祖父。经过几次暗中点拨，祖父终于明白了老先生的心思。他当即就跟老先生说："师傅，您这样对我，我感恩不尽。可是，我已经成家并有了两个女儿，我不能对不起妻子。"老先生听后，也只有摇头叹息。他们的大师兄当时已经 22 岁,看到江老先生偏袒祖父,心有不甘。江碧青年轻漂亮,又家境殷实,谁跟她完婚,一辈子就衣食无忧了。有了这样的坏心思后,他就开始暗中设计祖父。

江小姐因为试探祖父多次,却明里暗里遭到祖父的拒绝,由爱生恨。在大师兄的百般缠磨之下,江小姐与他私订了终身,并做出了越轨之事。江老先生发现异常之时,江碧青却一口咬定是祖父所为,祖父百口莫辩,浑身是嘴也无人相信他。此时,那个大师兄更是火上浇油,江老先生说,祖父必须承担后果,要他跟江碧青成婚。祖父说,自己什么也没有做过,他毅然决然地拒绝了师傅。因此,祖父被赶了出来,他含恨回到永平府,并将事情原委全盘告诉了祖母。祖母对祖父的人品深信不疑,祖母说,你既然对医学这样感兴趣,就去另外拜师学习,家里有我呢!

祖父又几经周折跟名医学了 3 年,之后在永平府东门外开了一家中医堂,一开就是一辈子。而在祖父的内心里,关于江碧青的事一直是他心里的一种痛。于是,在他 40 岁那年,带着祖母一起到了大连,几经周折才找到江老先生的家,遗憾的是,老先生已经去世,祖父只能到他的坟前祭奠了一番。

女子终于抬起头,对着祖父说:"真对不起你,二哥,你就原谅我吧,其实,我爹早就知道不是你,他不过是太喜欢你了，希望你成为他的半个儿啊！"

祖父听完，竟双手捧住脸呜呜地哭了。

雪落永平府

五爷爷结婚那天，永平府下了那年的第一场大雪，也是那年唯一的一场雪。雪花在永平府的上空洋洋洒洒。72岁的五爷爷在家人的帮助下，穿上一身大红的中式新郎装，两鬓的白发直愣愣地竖立着，却掩饰不住五爷爷脸上纵横交错的皱纹。躲在角落里的四爷爷却一脸伤心，一边用袖子抹着眼泪，一边念叨着："老五，四哥对不起你啊！"

门外的唢呐声响起时，五爷爷的脸上现出紧张不安的神情。他一会儿将两只手交叉在一起，不停地搓来搓去；一会儿又摸摸自己那霜一般的头发，完全是不知所措的模样。我爷爷走到他面前，拍拍他的肩说："老五，你看你，多大岁数的人了，怎么还这样？你紧张个啥呢？赶快准备好，一会儿新娘就到了。这么多年了，你们终于可以结婚了，你该高兴啊！"

五爷爷听到爷爷的话，却突然"哇"的一声哭了。他不停地说:"二哥,你说我是不是在做梦啊?你来掐我一下。"

五爷爷的眼泪在那一瞬间如泄洪之水,融化了满院的大雪。

爷爷听到五爷爷的话,眼角也不由流出泪来,他似乎不知该说什么好,又使劲地拍拍五爷爷的肩,说:"老五,大喜的日子,别哭!"

躲在角落里的四爷爷,突然跑过来,"扑通"一声跪在五爷爷的脚下,抱着五爷爷的腿,眼泪一把鼻涕一把地说:"老五,我对不起你,我害你耽误了一辈子啊,你打我一顿吧!"

仿佛整个永平府都安静了下来,静得能听到雪花落地的声音。

五爷爷一动不动地看着四爷爷,幽幽地说:"四哥,都是陈年旧事了,我都忘了。"在说出忘了时,他脸上的眼泪却比刚才更猛烈地流出来,泪水串成一条一条的水帘,嵌进了地上。

爷爷一边摇头叹息,一边拉走了四爷爷。

8岁的我,站在人群中,看着泪水成河的五爷爷,又望着被拖拉着走出去的四爷爷,内心充满茫然。

唢呐声飘扬在院子里,荡漾在永平府飞扬的雪花中。

五爷爷在复杂的心绪中,迎来了如月。

"五哥……"

70岁的新娘,在见到五爷爷的瞬间,只说出了这两个字,就泣不成声地用双手捂住脸,泪水顺着她的指尖倾泻而出。

五爷爷此时不管不顾地抱着新娘,两个人哭成一团。大雪纷纷扬扬,在场的人都一把一把地抹着眼泪。

那天晚饭后,四爷爷却不声不响地消失了,从此再也没了消息。

十几年后,当我坐在五爷爷家的院子里,看着被五爷爷称作如月的五奶奶,蹒跚地在院子与房内之间穿梭。那身影又将我带回了那个冬天。五爷爷与五奶奶,喜欢不断地给我们讲那些过去的故事。

18岁的如月是城南李家的二小姐。李家以经营江南丝绸起家,从永平府开始,陆续扩大到秦皇岛、山海关一带,最后生意一直做到辽宁抚顺、大连。因此,李家在永平府是妇孺皆知的大户。那青砖绿瓦、三进三出的大宅院,落在永平府清一色的仄仄平房之间,如凤凰站立枝头,光彩夺目。早些年,能进永平府中学读书的学生,大都有着显赫的家世。如月身材修长,头发如同擦了橄榄油一般油亮光滑。在永平府中学,是一道可人的风景。

四爷爷与如月是同学。五爷爷在永平府中学旁边开了一家早餐铺专门卖包子,供四爷爷读书。

"每天早上,我都会第一个赶到他的早餐铺买包子吃。跟别的早餐铺不同的是,他卖的包子非常独特,里边有鸡蛋、胡萝卜和粉丝,虽然如此简单,可是那样的包子却是我在家里从来没有吃过的。我后来还让我们家厨师做,可做出来的味道就是不一样。我先是喜欢上了五哥的包子,后就喜欢上了五哥的人。"

五奶奶说这话时,五爷爷在旁边眯着眼笑。那时的五奶奶已经85岁,说话依然是柔柔弱弱、不慌不忙的,脸上总带着笑。她望着永平府的天空感叹道:"那时的天空跟水洗般透彻,就像五哥的眼睛,纯净。"

如月与五爷爷相恋,是在不知不觉之间开始的。五爷爷虽相貌堂堂,彬彬有礼,可跟绸缎庄李家比起来,还是相差了十万八千里。五爷爷觉得自己配不上如月,可如月死心塌地地爱着他,并发誓非五爷爷不嫁。谁也不知,四爷爷也爱上了如月,在得知弟弟跟自己一直暗恋的人相爱时,痛苦不堪。他开始对如月死缠烂打,在得到如月的拒绝之后,他又极为不甘,甚至恨起了一直供自己读书的弟弟,觉得是五爷爷抢了他的所爱。无奈,五爷爷与如月一起跟他有了一次长谈,他们觉得四爷爷已经放弃了,这才放心。

一个月以后,五爷爷一连三天都没有见到如月,这是极不同寻常的。五爷爷心乱如麻地等待着。转眼半月过去,如月就如在他的世界消失了一般。他到永平府中学等，向四爷爷与其他的同学打听如月的消息，可谁也不知道。一个月以后，四爷爷突然跑来说："如月已经嫁到山海关去了。"

五爷爷觉得自己坠入了深渊，他怎么也不信，凭他对如月的了解，就算是她被迫嫁人，也一定会对五爷爷有交代的。

多年以后，五爷爷才在李家的佣人嘴里得知，原来是四爷爷到李家，还编造说如月缠着他已经成家的弟弟不放，逼得他弟妹要上吊，闹得全家鸡犬不宁，让他们好好管教一下二小姐。如月的父亲自然无法忍受这样的事情发生，他根本不听如月的任何解释，并不分青红皂白地将全家搬出了永平府。

如月被父亲所逼，很快嫁作他人妇。而五爷爷却等了她一辈子。72岁那年，他意外地得知如月的一切，那时，如月的丈夫已经过世了30年。世事变迁，如月对五爷爷的思念却从未改变。

五奶奶走的那一天，她不舍地拉着五爷爷的手说："五哥，下辈子，你一定要早点找到我。"五爷爷的泪水打湿了五奶奶的双手，却哽咽着说不出一个字。五奶奶在五爷爷的怀里，微笑而知足地闭了眼。

那晚，永平府再次飘起那年的第一场大雪，五爷爷在五奶奶的身边无疾而终。当人们发现时，五爷爷与五奶奶十指相扣，脸上平静而安详，如同熟睡了一般。

此去经年

已经很久不回三人巷了。一只鸟在屋顶上飞过，掠过了几片叶子，发出稀疏的哗啦之声后，随之就消失在清晨的光线里。

如玉对着窗户又重复一句：“已经很久不回三人巷了。”

她站起身，在屋子里转了一圈，走到房间角落里的古筝前，一伸手拉出古筝凳，将自己的半个身子坐下去。手指流水一般，在古筝上弹出了一串曲子。那也是这一生，她弹得次数最多的一首曲子，名为《此去经年》。

隔壁的林奶奶在世的那些年，最喜欢听如玉弹古筝，但是她却最不喜欢听如玉弹《此去经年》。每次听了，无论是什么样的心情，眼睛里立刻就会流出泪，于是一边擦眼角，一边起身说：“罢了，罢了，如玉啊，你什么时候能把这首《此去经年》忘了呢？哎，那也是不可能的，怎么会忘呢？”

林奶奶操着一口带有大连口音的普通话，据说是早些年落脚在这里的。她说出这些话的时候，我总是觉得有几分陌生，甚至是有一些描述不出来的苍凉。尤其当那苍凉夹杂在秋风春雨中，就带上了丝丝缕缕的宋词的味道。林奶奶向院子外边走去，春天，她会在槐树前停几秒，抬起头认真地望着一树的槐花，悠悠地说："该做槐花饼了，不然，过几天落了怪可惜的。"

林奶奶走出院子，又回了屋，如玉的《此去经年》还在继续。

从春暖花开到落叶纷飞，《此去经年》时常不经意间缠绕在永平府大街的空气里。有人从门前经过，都会不由自主地停停脚步，望一眼多数时间都关闭着的朱色大门，轻叹一声，神情就会多少有些忧伤地走开了。有多少次，林奶奶生前听着《此去经年》，眼神变得落寞，随即会泪满衣襟。她神情哀哀怨怨的，也不管如玉听得见与否，都会说："其实，人人的心中都会有一首《此去经年》啊！"

如玉的翠色旗袍，在岁月中逐渐淡了颜色，也淡了光景。那一年，我从京城回家前，先去大栅栏的老字号瑞蚨祥，买了一块翠绿色的丝缎送给如玉。走进去时，她正在铺满阳光的槐树下喝茶，午后的阳光透过槐树叶子，落在她的身上，斑驳之中，觉得她看起来更如一幅画。身上依然是一件翠色的旗袍，头发盘得一丝不苟。她见我来，随手拿起一个青瓷茶杯递给我："知道你这会儿该到了。"

她总是平淡的,甚至在别人看来是有些冷漠的。她自顾自地喝茶,她的岁月里似乎没有如同别人的家常里短与琐碎。

如玉的双手在丝缎上滑来滑去,仿佛沉浸在某种回忆之中。

"谢谢你,总想着我喜欢这个颜色的料子,只是城东那家旗袍店的手艺可是差远了,做出来的旗袍越来越没味道。以前大少爷在的时候,永平府旗袍店的手艺,跟上海与京城的旗袍相比也是毫不逊色的。可惜了,那么好的手艺,失传了……"

那是我第一次亲耳听如玉说起大少爷这个字眼。大少爷是她的丈夫,据说他当年从关外逃婚落脚到了这里,与如玉在同一所高中教书。他与如玉一样喜欢琴棋书画,两个人的爱情故事在小城里曾经被演绎得沸沸扬扬。婚后不久,大少爷参军,临行前那一晚,他们共同谱写了一首曲子,浓郁地表达了各自内心的不舍与期待。如玉在年复一年的等待中,将曲子命名为《此去经年》。

祖父在时,曾经说过,在永平府再也找不到像你姑奶奶如玉这样的女子了。祖父说这话的时候已经80岁,如玉那时刚刚过了75岁的生日,他们兄妹二人在院子里喝茶,我祖母端着青瓷茶杯,爱怜地看着如玉说:"妹妹啊,你这一辈子过得苦啊……"话还没有说完,眼泪就啪嗒啪嗒地掉下来。

如玉却依然笑着说:"二嫂,你看你哭什么呢?我这不是好好的,不是还能跟你和二哥一起喝茶吗?"

在祖父与祖母先后走的那一年,见到过如玉的两次眼泪,她哭得凄惨。自此后,没有人再看到过如玉流泪。只是,她弹《此去经年》的频率越来越高了。祖父母走后那年冬天,林奶奶也病危了。谁也没有想到林奶奶临终前,会拉着如玉的手,让她再弹一次《此去经年》。林奶奶在如玉《此去经年》的缭绕声中,安然地闭上了眼睛。

送走了林奶奶,如玉渐渐地很少出行,只有在清明节的前夕,一个人到家族的墓地去,一坐就是大半天。清明时节的墓地,人来人往,燃起的纸片如同落叶一般起伏、盘旋。如玉淡淡地说:"爸爸妈妈、二哥二嫂,你们在那边要好好的。其实,我知道,大少爷早在1947年就走了,再也回不来了。"

如玉最后一次去林奶奶的墓前,带了古筝。坟前的青草,高高矮矮地蔓延开。如玉轻轻地扒开一片青草,放好了古筝,又在草地上放上一个蒲团,双手拨动曲子。如玉一边燃起冥纸,一边说:"你这个痴情的女人,等了大少爷一辈子啊!你还以为我不知道,也真是苦了你了。"

说完,一首《此去经年》在林奶奶的墓前如泣如诉地飘荡,她似乎看到,大少爷正在向她走来。

望江南

她的脚步有些慢,北风呼啸而来,稀里哗啦地拍在她的脸上、身上,转眼就被严寒包围了。她不管不顾地走着。腊月的风吹在600多年前的城墙上,沧桑了冬的脸,更寒凉了她的心。

我跟在她的身后,每一次伸出手想拉住她,都被她无声地抽回。她85岁的身躯,依然如同门前的杨柳,笔直而苍劲。她固执地说:"别拦着我,我还能去几次啊?你说说,我到底还能去几次啊?余生不长矣。"

她颤抖着手,站在城墙之下,一直向南望去,突然抬头唱:

想当年
我不顾父母阻拦与君欢
行程千里离江南
一脚踏进永平府
只想今生与你过欢乐人间
不料想,你一去不复返
……

那唱腔，那神情，就像一位名角突然站在舞台之上，面对台下的观众发出的最自然而真诚的音符。她唱得旁若无人，唱得如痴如醉。我感觉自己正在做一场梦，漫长、幽怨而又陌生。我睁大眼睛，前后左右地寻找一圈，发现只有她站在苍凉的城墙下，仰望着南方，自顾自地唱着。那唱词我是第一次听到，在她那温润如玉的声音里，居然爆发出如此悲凉的音符。

唱完，她颤颤悠悠地俯身行了一个万福礼说："相公，小娘子这厢有礼了！"

她终于安静下来，一只手扶着斑驳的古城墙，望着南方喃喃自语。

北方的风将她的心吹冻成了一条干枯的河。

她来到我家的时候，我5岁，她60岁。我的父母工作很忙，没有人按时接送我，于是就想着找一个可靠的人。找来找去，都是一些年轻的女孩，母亲不同意。而后，她来了。她来的时候，是夏天，我并不记得她当时的模样。可是，在后来那漫长的20多年时间里，母亲不止一次地回忆，说她当时穿着一条褪色的蓝布印花长旗袍，一双同色的老北京布鞋。她的头发在脑后盘着，利落、齐整。母亲当时还怀疑说："这副模样不像是能做事儿的主。"于是就有些犹豫。

她说："您就放心吧，我在这里住了快40年，家务活我会做。"父亲见她略伤感的眼神和落寞的表情,就跟母亲说:"不妨试试看。"她听到父亲的话,就使劲地点头说:"让我试试吧!"

于是,她留在了我家。她牵着我的小手送我上学,又接我回家。她一边走,还会一边问我:今天在学校有什么开心的事儿,能不能给我讲讲啊?

她的笑容很温暖,会讲很多神奇而动听的故事。她的声音柔柔的,跟江南的水一般清澈。令人惊讶的是,她还会弹古筝。那时,父亲托人为我买了一架碧泉古筝,放在客厅的角落里。父亲说女孩子总要懂一样乐器,你学学吧!我每周六跟着我姑姑弹一个小时,学得漫不经心。原因是我姑姑是个没有耐心的女子,她只要见我弹错了一个音符,就立刻在我手掌上"啪"一下,拍得我生疼。

有一次,学校有活动,我忘了告诉她,就自己回家来了。在我进门的时候,居然有一首古筝曲子在空间里环绕。我惊讶地看到,她坐在古筝前,苍老的双手,却强劲地弹出了沁人肺腑的曲子。

"月奶奶,您会弹古筝?"

她转过身,有些不自然地说:"小时候学过。"

过了一会儿又说:"也没有什么,以后,我教你弹古筝吧!"从那一天开始,她开始教我古筝,与姑姑比起来,天壤之别。我由三心二意转变成了一心一意,而且总是觉得时间过得太快了。她从不说我,更不会打我。即使我弹错了,她也不打断,一曲完成之后,她会拉着我的手,柔声细语地给我指出来。因此,我很快就爱上了古筝,没多久,我就能独立弹不少曲子了。

父母对她越来越好,很快她就成了我们家庭里不可或缺的成员了。有一天,我要到学校去读高中,临走时,她抱着我,久久不松手,慢悠悠地说:"我们的小姑娘长大了,再也不需要月奶奶了。"

她的泪一滴一串地落在我的衣服上。

那一年,是她在我们家的第 11 年,她已经是 71 岁的老人了。我们却始终不知道她的来处,她一直闭口不提。虽然我早就不需要人接送上学与放学,但是父母一直不忍让她走。她一日日地衰老下去,北方冬日的风,生硬地吹在她的身上,她的咳嗽如同雨落岩石,声声敲打着我们的心。父亲请来了老中医,母亲一次次地用寻回来的各种偏方为她熬制药汤,她的咳嗽却不见好转。

我读高中后,她要走,父母问她要去哪里,她却不知。母亲说:"你别走了,你是我们家里的成员,哪能老了就让你走?你就把这里当成自己的家。家有一老如有一宝,我们这是多大福气呢!"

母亲说着,挽住她的手,她激动得眼泪汪汪的,却终究没有说出一句话。她就这样在我家住了下来。我大学毕业那年，谈了一个男朋友，她见过一次以后就坚决地让我分手，她的态度决绝而不容商量。她说："你要么跟他分手，要么我离开这个家，从此两不相干。"她收拾好了东西，就等我的答复。

我没有办法，只好按照她说的做。但内心里对她有了成见，觉得她真的是老糊涂了。一年后，得知前男友因吸毒被抓起来后，我才突然记起她说过："这个男孩目光闪烁不定，不敢与人对视，一看就是心术不正之人，你若跟了他，人生就被毁了！"

她85岁的一天，匆匆地叫我回来。她说："我没有几天的活头了，真想再看一眼江南！"她每天都会在我的陪伴下来到永平府城门外，哪怕只站在那儿默默地望着南方。唱完的那一瞬间，她已经累得气喘吁吁，瘫坐在地上。我扶着她，她搂着我，又望着南方，竟呜呜地哭了。

紫色旗袍

王老先生已经年过80，头上银丝飘飞却依然腰板挺直。他慢悠悠地在店里走了一圈，衣架上，一件件旗袍，在眼前飘过。他的手一件件掠过去，最后在一件紫色的旗袍上停住了，淡淡地说："这件旗袍，除了凤凰，别人都配不上！"

每次听到这句话，碧玉总是忍不住回一句："你眼里只有凤凰！"

王老先生并不生气，只是笑笑说："我说的是实话，你这样说就有点小肚鸡肠了！"

"哎呀，我小肚鸡肠？我要是小肚鸡肠能容得了你这几十年？得凭良心说话不是？我看啊，你的凤凰，是回不来了，还是把店关了吧！"

王老先生只要听到"凤凰回不来了"，心里就颤抖。他想：这一生，风吹过，雨淋过，大风大浪经历过，独木桥走过。但是，他有遗憾。这遗憾就是凤凰，明明说得好好的，去去就回来，不料想这一走就是几十年，难道是她找不到回家的路了？

因此，王老先生总是在没事的时候，一个人溜达出城。原先的永平府有高高的城墙，如今只剩下一座城楼，还有两边连接着的一段城墙。经过600多年的时光摧残，处处都是残垣。走着走着，有时候还能听到"嘭"的一声，一块几百年前的城砖就落在了地上，碎了。他用手捡起一小块儿，用手指捻了一下，城砖的碎末在掌心里。他放在鼻子前轻轻地闻了闻，然后一甩手，碎末飞在地上。城墙上的芳草，在微风中摇曳，顺着城墙望过去，目光一下就穿越到几十年前。

  恍惚中,他似乎看到那个身着紫色旗袍的少女,一头长发被编成了一条黑黝黝的辫子,随着脚步轻轻地甩来甩去,她缓缓向他走来。那时候,岁月似乎被染了尘,一切都是动荡的。他们一起在永平府中学堂读书,互相之间逐渐产生了好感。对于他而言,她就如同她的名字凤凰一样,娇贵、雅致而高不可攀。她家境殷实,是永平府城里数一数二的大户人家的女儿。而自己不过是城北一个车夫的儿子,父亲靠给人拉车赚钱糊口,母亲还要时时在大户人家里做些洗洗补补的活,以补贴家用。正是这样的家境,使父母下定了要让他好好读书的决心。后来,母亲在周家佣人王妈那里学会了做旗袍,母亲因此而一发不可收拾地爱上了做旗袍,因此东拼西凑了本钱,在城东开了一家旗袍店。因为平日里在大户人家认识了一些人,生意逐渐好起来。有空时,他会在母亲的店里帮着母亲做一些力所能及的事儿,也便逐渐对做旗袍的工艺产生了浓厚的兴趣。那时候,凤凰时常在王妈的陪同下,来母亲的旗袍店里做旗袍。她喜欢紫色,因此做的旗袍多数是紫色的,香芋紫、深紫,或者是纯白的丝绸布上印紫色的花朵,或是绣上几朵紫色的图案。总之,她的每一件旗袍上都有紫色。她像一个紫色仙子那样,深深地吸引着他。

  他想,有一天一定要送她一条亲手做的旗袍。也正是因为这个想法，母亲做旗袍的时候，他总是悄悄地看着，并一一地记在心里。没人时，他就反复地练习，用废旧的报纸剪裁。一次，她又来做旗袍了，那是一块以紫色为底色，白色的百合印在上边，朵朵盛开，素雅中藏不住高贵的图案。他想，她穿着这样的旗袍一定是永平府城中最美的女子。因此，他背着母亲，一针一线地完成了他人生的第一件旗袍。当他把旗袍拿给母亲时，母亲惊讶得张大了嘴巴，半天也没能合上。

　　从那以后，母亲不再阻拦他做旗袍的爱好，在他完成学业的同时，允许他在店里学习，并且尽量将自己的所会所学全都教给了他。这样，他在旗袍工艺上的进步已经超过了学业。三年初中读完，便断了继续下去的心思。

　　周家的二小姐凤凰、东城张家的四小姐碧玉与车夫的儿子王振兴成了永平府中学里时常被议论的佳话。原因是，凤凰与碧玉，都在不知不觉中爱上了王振兴。最令人不可理解的是，王振兴不过是一个车夫的儿子，身份卑微，唯一的爱好就是做旗袍。无论凤凰还是碧玉，都是有才有貌，家境非同一般的大户小姐。不知道有多少有钱有势人家的少爷倾慕她们，但是她们眼里只有王振兴。

　　凤凰与碧玉是一对好姐妹，二人对同一个男人的倾心，使她们再面对彼此时，都有点扯不断理还乱的情绪，在彼此之间拉上了一道朦胧的网。

王振兴对凤凰一往情深。他同样不愿意伤害单纯的碧玉，能躲就躲着。那天晚上，秋风萧瑟，在校门口遇到了碧玉，她怯生生地问："振兴哥，如果没有凤凰，你会跟我在一起吗？"

他不知道该如何回答这样的问题，只是愣愣是望着碧玉，生硬地说："没有如果，别想这些了。"

不想，几天之后，凤凰找到他说："哥，我明天要出去几天，等我回来，我就跟我爹说，让他给我们成亲！你等着我！"

说完，凤凰就坐上人力车，奔城门而去。他愣愣地站在城门口，看着紫色旗袍逐渐消失在秋风中。这一去，她再也没有在他面前出现过。很多时候，他仿佛觉得那是他做过的一个梦。这一等，就是多年。他离开了学堂，真正接过母亲的旗袍店，并独立撑起了一片天。在短短的时间内，他对旗袍工艺的研究就达到了一定的造诣，成了永平府内最有名的旗袍师傅。

他悄悄地做了一条又一条旗袍，紫色系的旗袍时常挂满了半个店铺。岁月的风吹了一个又一个来回，三年过去了，凤凰音信皆无。一边是痴痴等凤凰归来，一边是碧玉三天两头地跑到旗袍店里，一坐就是两三个小时。哪怕是那一排排的紫色在眼前晃，哪怕是他的嘴里离不开凤凰，碧玉依旧不悲不气的样子，眼神痴痴地望着他，偶尔说一句:"振兴哥,我会一直等着你。"

5年以后,他终于与碧玉结为夫妻。

岁月将思绪封存在记忆里,他与碧玉一过就是几次叶绿叶黄。可是,那个在城门口消失在他眼中的凤凰,却始终没有消息。

风吹岁月落尘埃,弹指一挥数十载。

老了的王振兴,去城门外的次数越来越少。这个秋天来临时,他感觉身体一日不如一日,旗袍店里的紫色旗袍已经沾染了光阴的印痕。他每次看到这些旗袍,眼前都会闪出凤凰穿着紫色旗袍的身影。

弥留之际,他双眼大睁,望着。碧玉用一双长满青筋的手,握住他的手说:"哥,别等了。凤凰死了,她父亲当年逼她嫁给了唐山的大户人家,生第二个孩子的时候大出血死了。在她生完第一个孩子后,连写几封信把你托付给了我。"

他抓住妻子的手,流下两颗大大的泪珠。

紫檀木婚床

初春的阳光格外闪亮,照耀着一片欢畅的世界。那张床就在店的正中央,几乎占据了大部分的空间,使本就不大的店显得拥挤。

一个老者正在认真地打量着那张床,他80岁上下的年纪,精神矍铄,依旧唇红齿白。浓密的头发依旧黑而亮,中式的丝绸白衬衫,令他看起来有几分仙风道骨的超然。紫檀木床的床头雕刻,精细、沉稳之中带着雅致与高贵,非能工巧匠所不能为。他围着这张在大多数人觉得怪异甚至突兀的床,一会儿敲敲床头,一会拍拍床尾,自言自语地说:"是真的吗?这辈子我还能见到它?"

老者的话有点令人摸不到头脑。

店主是一位中年女子,她脚步轻盈地走过来,并不像其他这一行的人那样,见了一个感兴趣的顾客,便使出浑身解数去推销。她淡然却不失礼貌地笑着说:"老先生内行人。这是今年我收到的最好的紫檀木床了,据说是来自以前永平府里数一数二的人家。一寸紫檀一寸金,如今这床再加上这样的工艺,实属不多见的。"

老先生围着床转了一圈又一圈,最后目光停留在床头,望着那雕刻出来的云龙盘凤,手不时在上面摸一摸,轻柔地碰触过那雕刻中的每一个细节。他的神情专注,沉浸在某种情绪当中不能自拔。

当我和祖母走进古董店的时候,正是那位老者与女子对话的时刻。从不喜欢逛街的祖母,那日看了报纸上一则出售紫檀木床的消息后,就迫不及待地拉着我去了。祖母的目光停留在那张紫檀木床上。她快步地走过去，到了紫檀木床的旁边，她的一只手，默默地落在了床一侧，扶了一下眼镜，她甚至蹲下了身子，很认真地在床一侧看，如同在找一件洒落下去的珍宝。

此时，我走过去，看到祖母那样认真而细致的样子，不解地问："奶奶，这不过是一张旧床，您怎么跟看到宝贝似的啊？"

祖母抬头，目光异常凄凉地说："这确实是一件宝贝啊！我多少年都没有见过这样的紫檀木床了！"祖母的声音里饱含着一种从来没有过的激动与感伤。那声音，在这样的空间里摇曳生姿地飘荡着，如诗如梦。我恍然地望着祖母，她的脸上竟落下了两颗晶莹的泪珠。

那个在紫檀木床前走来望去的老者，听到了祖母的话，慢慢地将目光转向祖母的方向，并望向了祖母的脸。

祖母也看到了他。

两个人的目光就那样相遇，并相互缓缓地望着。老者的神情突然产生了变化，他的身体开始颤抖起来。而祖母的眼泪居然一串一串地流下来，她紫色的旗袍上衣上染出了一道水痕。

"您是二小姐？黛儿？"

老者声音颤抖，他望着祖母的脸。

"如树？没错，你就是如树哥。刚才，我一进门，看到这张紫檀木床,又反复看侧面,看到了你刻下的一个李字。没想到,居然能在活着的时候遇到你……"

祖母已经泣不成声。

老者双手捂住了脸,泪水顺着他的指间汹涌而下。

黛儿的娘家原是永平府内的大户,她排行老二,人称二小姐,是当年永平府中学才华横溢的女学生。显赫的家庭背景,使她自然而然地成了众多青年追求的对象。可是,黛儿早已被她的父亲许配给山海关王家的三少爷,中学一毕业就要成亲。可是,她的心里总有一个影子,无论是吃饭还是读书,无论弹琴还是静坐,眼前都会不由自主地闪现着那个影子。他身材高大,俊朗的脸上总是带着温和的笑。他多才多艺,虽出身贫寒,却有一手精湛的木工手艺,全城的大户人家都找他做木工活,尤其是红木、紫檀木这样的名贵木材,都会第一个想到他。他因此成了大户人家之间颇受欢迎与赞扬的木工。因此,人们并不叫他木工师傅,而是叫他先生。

黛儿就是在他给姐姐打造陪嫁家具时认识他的。他在他们家大宅的后院,将那些个看起来普通的木材如变戏法一般制造成了精美的家具,一刀一斧之间彰显出艺术的境界。她躲在闺房之内,呆呆地看着,在窗前一站就是两个时辰。

后来,他们不期而遇,在目光相遇的瞬间,两个人的心都如电触。爱情，就在那一瞬间产生了。于是，他们时常暗中往来，一起谈古论今，书画与文艺。爱情，在时光中浸染、渗透。

转眼已是来年的春，成亲的日子临近。他们想过很多对策，她跟父亲求情，父亲还没有听完，就生硬地打断了她的话；他们一起私奔，还没有出永平府城门，就被家里抓了回来……眼看他们就要被分开了，悲痛之下，她求父亲要他为自己打造一张紫檀木婚床，父亲同意了。

那些日子，他默默无声地在为那张紫檀木婚床而忙碌，他的内心却是滴血的。而她只能躲在房里哭。

紫檀木婚床打好的时刻，引起了所有人的惊叹。人人都说：那是一张从来没有见过的床，床头的云龙盘凤栩栩如生，就像是刚刚从天上落下的一般。

那是他这一生最好的一件艺术品。

从此，那个叫如树的先生在永平府无声无息地消失，她则不得不被嫁到了山海关。

她的那张紫檀木婚床，却被父亲留下了。尽管她再三请求，却被告知已经卖掉了。庆幸的是，王家三公子，是一个同样博学多才的人，对她疼爱有加。内心的创伤在爱的滋养下逐渐淡忘，但是那张紫檀木婚床却成了她内心的痛。

我的祖母黛儿，与如树先生，在他们暮年的这个春天，时光又将他们转到了彼此的面前。而紫檀木婚床，终于回到了祖母那里。

枣　树

院子里的红枣树依然在，而视枣树为生命的祖父已故去多年。

没有了祖父的守护，红枣树依然年复一年地枝叶茂盛，果实累累。而少了祖父的院子，却如失去了灵魂，连空气里都散发着冬天般的枯萎气息。

祖父去世的那一年，树上的枣格外多，个个红润饱满，秋风摇曳中，红枣哗啦啦地唱出一曲又一曲的歌，像极了祖父拉的二胡，惆怅之中透着掩饰不住的悲凉。在祖父的晚年时光里，这种惆怅似乎成了他唯一的特征。那些年，只有在秋天，阳光明媚的日子里，祖父坐在枣树下，眼睛望着一树红灿灿的枣，眼角眉梢才会露出笑。秋风乍起，掠过满地的寒凉。祖父的手里摆弄着一对核桃，那对核桃已经被岁月打磨得光滑圆润，透着亮，透着光。祖父每天一起来就会把它们攥在手里，于是，那对核桃就如同变戏法一样在祖父宽大的掌心里转来转去。

在那一年的秋风萧瑟里,祖父失去了往年这个季节的欢快,他的脸一天挨着一天地阴沉着,像极了江南的梅雨天。

他整日整日地坐在枣树下,望着高高的枣树,听着枣树上的树叶与枣在风的吹拂下撞击的沙沙声,半天才会听到一声悠长的叹息。那些日子,祖父的叹息像苍凉的二胡音,令人心碎。祖父对这棵枣树的热爱程度,令人难以理解。

我想起祖母在世时,总在夏天,摇着一把折叠扇,坐在枣树下,一边喝茶,一边望着枣树,语气有些自豪地说:"又是满树的枣,你看看,是不是?我说过,只要你相信事情就一定成!"那时的祖父很快乐,他看着祖母的脸,露出掩饰不住的神采与满足,连连地点头说:"是啊,是啊,三小姐的话总不会错的。"

院子里,枣树下,飘扬着祖父与祖母的欢声笑语,还有那些在旁人听来传说一般的故事。

18岁那年,我离开了家,独自去外地读书。那一年,祖父已经年过七旬,他对我没有报考医学院耿耿于怀。在我离开家之前,一直对我疼爱有加的祖父居然将自己关在房间里,任我在门外怎么请求都不开门。我一边觉得愧对祖父,一边又觉得祖父像个小孩子一般任性。

那年的春节回家,我用自己的稿费给祖父买了一件中式的大红上衣,他显然早就不再生气了,穿上红上衣,时常带着我从永平府东大街一直走到城门楼子外。每次回来，祖父都摸摸院子里的红枣树，抬头看看，冬季里的红枣树一片萧条，只留下枝枝杈杈在大树的支撑下，努力地抖擞在寒风中。祖父偶尔会若有所思地说："树可以活几百年呢，栽下树的人再也看不到枣花开，再也吃不到那甜滋滋的红枣了。"

于是，又一声悠长的叹息。

父亲说，祖母走后，祖父就变得犹犹豫豫，不像以前那样阳光灿烂了。他最大的爱好，就是从永平府东大街走到城门楼外，一去就是大半天。父亲说到这里，一脸的担忧，摇头叹息地走出了门。

冬天的永平府，苍凉而萧条。太阳照在斑驳的城楼上，给寒冬带来一丝温暖。城墙上的荒草，干巴巴地在风中发抖。祖父说："那一年，你奶奶才18岁，就是从这里走进城的，她只穿着一件旗袍，就从家里跑出来了。"

祖父说着，一阵风吹落了城墙上的一块砖，"啪"一声在地面上摔得七零八落。祖父说："600多年的城墙老了，经不住折腾了。我也老了，该去找三小姐团聚了。"

说完这些话没多久，祖父就一病不起。我回去看望祖父，他已经骨瘦如柴。父亲一脸愁容，心疼地说："你爷爷怕是熬不过去了。他天天念叨着说你奶奶在那边太孤单了，他得去陪她了。"父亲抹着眼泪转身的背影，将我的心刺得生疼。

我坐在祖父的床前,斜阳洒进窗子,金灿灿地照着他瘦弱的脸。望着祖父被病痛折磨得失去了光彩的脸,我的泪水忍不住流下来。祖父却还笑着说:"傻丫头,哭什么!爷爷要去找三小姐了。昨晚上,我看到她穿着那条漂亮的旗袍,从城门楼下向我走过来,样子怪孤单的。"

祖父带着微笑走了。关于祖父与祖母的故事,又开始在永平府传播。那一年,祖母穿着素色的旗袍,不顾家庭的反对,从李家的三小姐变成了王家的媳妇。

玉蝴蝶

母亲在微信里发来信息:今天早上,如玉走了!

我看着手机屏幕,眼前浮现出如玉在深深浅浅的三人巷里穿行而过的身影,瘦小、笔直、坦然、笃定。朝阳或者夕阳照在她的背影上,手中的篮子在青菜萝卜间,偶尔也夹着一斤半斤的猪肉。那些年,如玉是三人巷里的一道风景。

屈指算来,如玉今年85岁。她是我爷爷最小的妹妹,被太爷爷视若掌上明珠。按照辈分,我应该叫她姑奶奶,但我们从来都没有这样称呼过她,原因是她不喜欢。15岁时,我们全家随着父亲的工作变动回到了我的出生地。我第一次见到了如玉。那时,她已经年近古稀,但是她腰板挺直,头发一丝不乱地盘在脑后,云鬓之上插着一根玉蝴蝶的簪子。她身着一件碧玉色的旗袍,配着一双白色的半高跟皮鞋。走路的时候,咯噔咯噔踏在地上的声音,力道十足。我当时看了好几分钟愣没有说出一句话。当时我就想:这明明是从民国的旧市里走出来的贵妇人,怎么会是我的姑奶奶呢?我如同看老电影,觉得如玉就像是那电影中的某个夫人,淡雅而又不失高贵。

母亲不满地埋怨:"这孩子,关键时刻怎么连招呼都不会打了。"

"不要叫我姑奶奶,如玉,我叫如玉。"

啊?这是我从一个70岁的人嘴里听到的最有个性的话了。殊不知,在我们冀东平原,素来礼仪森严、讲究长幼有序。我们这些孩子从小就受父母、祖父母与外祖父母的严格管教,都为把我们培养成"有教养的人"而不懈努力。每天吃饭的时候,都要等父母坐下,说,吃吧,我们才敢拿起筷子。如果有祖父母在,我父母也一样等他们坐下之后才落座。就是在这样传统的家庭出来的姑奶奶,竟然让我叫她名字。

听到这话,我赶紧走上前去问:"是真的吗?那我爸爸妈妈与爷爷奶奶会骂我没有家教的，我不敢。"

姑奶奶一笑，依然淡定地说："我同意就行了，管他们干嘛！"

从那以后，姑奶奶彻底成了如玉，我们都是直呼其名。她总是异常高兴，渐渐地感觉如玉就像是一个谜。她一年四季穿着旗袍，清晨对镜理云鬓，一丝不苟的神情与动作，就像马上要去参加一场盛宴。尤其是那个玉蝴蝶的簪子，她每天都会戴在头上。她喜书画，爱诗词，擅古筝。晚霞映照的三人巷里，时常荡漾着流水一般的古筝曲，那是如玉身着旗袍，纤纤玉指拨弄出的美妙音符。

她年轻的时候是个美人，美到什么程度我不曾见过，但是三人巷里至今流传着一个张姓男子追求她的故事。说是那男子经常守候在她的必经之路。如玉总是穿着旗袍，镇定自若地坐上黄包车。那些故事如同一个个精美传说，飘在三人巷的空气里。这给如玉蒙上了一层神秘的面纱，在疑惑中不由得要问：这样的如玉又怎会落得如此下场？

与大多数女人一样，如玉的悲剧是从婚姻开始的。

还是据说，如玉原本与西城刘府的大少爷早早有了婚约。那时候两家门当户对，只等男女双方到了适当的年龄完婚。婚后的如玉，曾经有过一段美好的时光，她在三年之内生下两个女儿，那时候她不过23岁，正是女人的黄金年龄。然而生活却在那一年发生了变化，她的丈夫跟着一个闯荡南洋的人出去学做生意,一开始每月都能收到来信,半年后就渐渐变成了三两个月一封,再后来,书信最终断了。如玉一个人带着两个女儿在婆家,生活过得寡淡,婆家虽然感觉愧对于她,却渐渐地显露出了不冷不热的态度,尤其是那些妯娌、小姑子,时不时就说出几句不咸不淡的话,如玉无法忍受,在一个阳光洒满院落的清晨,她带着两个年幼的女儿搬了出去。

后来,她在永平府东大街找到一份教音乐的工作,做得认真而又个性十足,深得学生的喜欢,收入虽然微薄,还是能勉强度日。那时候太爷爷尚在世,对于爱女的遭遇,他的后半生一直处于悔恨之中,他一直觉得是因为自己同意了女儿这桩婚事而害了她一辈子。

如玉每次都是淡淡地笑说:"过去的事不提也罢,爹也是为我好!"

太爷爷摇头叹气地离开,留下一个苍老的背影。

几年以后,她的公公去世,婆婆瘫痪了,她依然跑去照顾,有时候为了方便照顾,她干脆将婆婆接到自己的家,对她细心照料。婆婆临终前从怀里掏出了一对玉镯与一对玉坠说:"我们家对不起你啊,苦了你,你年纪也不小了,该有个稳定的家,你把这些卖了,买套落脚的房子吧!"

后来,如玉并没有卖,她说婆婆留下的东西终究是个念想,哪能用念想换钱呢!

夜深人静时，如玉依然喜欢坐在古筝前，弹一首曲子。悠扬的古筝声，飘荡在三人巷的每一个角落里。

时光一吹，如玉的青丝就染了霜。1980年年初，如玉在音乐老师的岗位上退了休。那时，她的两个女儿也早已经成家有了自己的生活。如玉依旧住在城东的三人巷里。清晨，对镜梳头时，她看到鬓前的银丝，用两只手指捏起来，一使劲，那根长长的白发就落在她的手掌中。她悠悠地望着窗外说："从青丝到白发，大少爷也该回来了。"

那声音哀怨而忧伤，传出了很远。

然而，如玉最终也没有得到丈夫的消息。母亲说，如玉走得很安详，她似乎知道自己要走了，早早地穿上了翠色的旗袍，戴着玉蝴蝶簪子。母亲说那是她的丈夫在结婚时送给她的礼物。

玉佛手

深秋，树叶被风吹得漫天飞舞，似乎在唱着一首季节的挽歌。当我连夜坐了11个小时的飞机，匆忙赶到祖父身边时，他用平生最后的力量拉住我的手，说："记住，一定要把玉佛手找回来！"说完这句话，98岁的祖父走了。

办完祖父的丧事,我们依然沉浸在失去祖父的悲伤当中。曾经听父亲多次讲起,祖上是永平府一带的大户,家有良田百亩,当铺数间。祖上的当铺始于清同治年间,直到1938年,日本鬼子在我神州的土地上横行,时不时进入店中抢夺。当时祖父刚满17岁,曾祖父已年老体弱,自顾不暇,因此家中的生意逐渐落到祖父的肩上。一天,在当铺关门前,匆匆忙忙赶来一位青年,他一层又一层地打开一个包裹,最后在一块红布中小心翼翼地取出一件玉器递过来说要当掉。祖父年轻,不知道这东西的真正价值,就叫来当时的老管家李先生。李管家看后,脸上的表情立刻严肃起来,他对来人说:"你先等等。"于是,他不得不把病床上的曾祖父请出来,以辨别此物。

曾祖父在李先生的搀扶下,颤悠悠地来到柜台前,看了看面前的青年,然后捧起玉器,翻来覆去地看了足足有10分钟,才轻轻地放下说:"小先生,您这件玉佛手可不是一般的玉器啊,您当真要当掉吗?"

靳姓青年听后脸色也异常沉重,忧伤地说:"老先生您是识货之人,不瞒您说,这是当年康熙皇帝对我家祖上的赏赐。当年,我们祖上在平定'三藩之乱'时立了大功,康熙帝就将玉佛手赏赐了祖上。从此,玉佛手成了我们家的传家之宝。可是,后来,家道日渐中落,生活一日不如一日,一代不如一代。到我祖父这一代,已经彻底离开了官场，成了私塾先生。即使在最贫困的时期，我们家也没有想过要把玉佛手当掉换钱。可是昨天，祖父把我和父亲叫到身边，亲手把玉佛手拿出来说：'如今，国难当头，日本鬼子在我们中国的领土上横行霸道，无恶不作。放眼望去，国不国，家不家。我们没有别的本事，你把玉佛手拿去当掉，将钱捐给红军部队，你也去参军吧！国家有难，匹夫有责。大丈夫宁可战死，不可苟且。'"

青年讲到这里，情绪激动，泪流满面。曾祖父与祖父听后，也非常震撼。曾祖父握着青年的手说："这玉佛手乃无价之宝，我们的生意也做不下去了。日本鬼子三天两头来捣乱。老管家，你把店里所有的钱都拿出来，有多少拿多少，全部给这位先生！但是，这玉佛手你还是拿回去吧！"

曾祖父把玉佛手退给靳先生，但是他执意不收。最后，曾祖父推辞不过，让靳先生留下自家地址并把能联系到我们家的地址都写给了他，说："那老朽也就只好替你保管，你什么时候来取都可以，这东西永远是你的。"

靳先生走后，我们家的当铺也相继关门，曾祖父不久病危，临终前再三叮嘱祖父："一定要将玉佛手好生保管，将来还给靳先生。"曾祖父走后，祖父带着一家老小，从永平府搬到了燕山山脉长城脚下的一个小村子里。祖父19岁时，曾祖母也一病不起，不到半年就追随曾祖父而去。祖父的几个姐姐都已经成家,他不甘心躲在山沟里过余生,准备将玉佛手先还给青年,带着靳先生提供的地址找去,却发现只留下一把斑驳的铁锁,在无声地诉说着满院的沧桑。他打听到说青年的家人已经搬到抚宁榆关投奔亲戚,于是祖父又赶到榆关。等找到时,却被青年的亲戚告知,因为青年到前方参军,他的父母只在这里停留半月,就奔前线去寻找儿子了。祖父无奈,只得回到永平府的家中,将玉佛手埋在后院的枣树下,拜托李管家看家,也抗日去了。

祖父跟随部队南征北战,九死一生。1948年11月27日,秦皇岛解放,已经成家的祖父带着祖母以及三个姑姑和5个月大的父亲回到了家。老管家早已不知去向,房子也遭到了不同程度的破坏。祖父在枣树下挖了个遍,也没有找到当年的玉佛手。新中国成立以后,祖父回到地方工作。随着国家的命运,又经历了一系列的命运变迁。可是,玉佛手始终是祖父的心病,他多方找寻,却始终无果。

父亲讲完这些不断摇头叹息,找到玉佛手这明明是一个永远都无法实现的梦。一周后,父亲陪我到祖父的墓前告别,望着墓碑上祖父慈祥的面容,不免潸然落泪。此时,墓碑前的一束花引起了我们的注意,花束上有一张卡片,"李家后代"四个字隐约可见。父亲双手打开卡片,看完之后,他脸色一变,无声地打开了包装精美的花,在那花束最底层拿出了一个首饰盒,打开一看,里边所装的正是祖父心心念念了一辈子的玉佛手。

父亲四下张望,斜阳下,一个苍老的背影正顺着墓园的石板路,蹒跚地向外走去。

父亲的梦想

这个冬天的早上,我最终还是没能忍住内心的怒火,不管不顾地跟父亲爆发了。

父亲坐在沙发上,从始至终都没生气。他笑着看着我,就当我的发火跟他毫无关系。

"出气了?你这个丫头,跟你老爸发这么大火,长本事了啊!"

父亲说完,还没等我说话,一个人悠哉悠哉地走了。

我能不生气吗?为了更好地照顾父亲,缓解他晚年独自生活的孤寂,我费了九牛二虎之力,才将他从老家接到了南半球,可好日子还没过几天,父亲却要一个人跑到荒郊野外去种地,天下哪有这样的道理?

想来,母亲走的那一年,我8岁,哥哥15岁。做小学教师的父亲一个人将我和哥哥拉扯成人,肩负着父母的双重责任,其中的滋味一火车的话难以描述。为了帮助父亲挑起生活的重担,哥哥17岁高中一毕业,就直接走上了从商路。因此,家里的日子渐渐地好起来,不但在村里盖了新房,哥哥还陆续在城里买了几套房子。然而,多年的辛劳还是使父亲看上去比同龄人多了几分沧桑。现在我也终于有能力来照顾他了,可以让他尽情安享晚年生活,也想减轻一下哥哥的负担。

到澳洲后,我努力让父亲适应澳洲大农村式的生活。我尽量用更多的时间陪伴他。阳光灿烂的日子,或带着父亲去郊区,或坐在庭院的阳光下闲聊,那是一种最美的幸福。每次出去,看到那大片大片的草地,无边无垠地延伸在天地之间,父亲总是久久凝望着自语:"那么多土地,怎么只长草呢?这多浪费啊!"

父亲时时发出这样的感叹,我劝他说:"澳洲地广人稀,空着的地多着呢!您别老想那些空地,这不是环境与国情不一样嘛!"

父亲总是摇头叹息说:"国情再不一样,土地空着也是浪费!"

原以为,他就这么说说而已。可谁知道,一次出游却改变了父亲的生活。

那天,我带父亲去维多利亚州的乡下散心。出城,一望无际的田野,绿草如茵、生机勃勃。人的视野立刻也得到了无限延伸。万里碧空之下,是数不尽的绿草与树木,鸟儿自由自在地在草地上、树枝间飞舞与歌唱。离城越远,这样的草地越多。父亲站在路边,远远地望着那草地说:"你看,那么大面积的土地怎么又空着呢?这里怎么就没有人种地呢?"

"哎哟,爸啊,澳洲本来就是国土辽阔而人烟稀少,您就别老想着种地了。"

"哦!"

父亲应着,深深地叹口气,若有所思地摇头。

这一整天,父亲都一副心事重重的表情。回来时,途经一个小镇,路边一个出售农场的广告牌,引起了父亲的注意。他说:"停下,停下!那个是要卖的吗?"

"是啊,爸爸。"

"那咱们买下来吧!"

"啊?"

我惊讶地张大了嘴巴,半天说不出话来。

父亲没有听我的话,他居然下了车拍下联系方式,一副严肃的样子。我一路上都在跟父亲说:"爸,您可别开玩笑,我现在的工作好好的,不会养牛种地,也根本没有兴趣。您辛苦一辈子,好不容易熬到了退休,就好好地在家里待着,养养花,写写字。到了假期,我就带着您游山玩水,与大自然亲密接触,您说您这是多美的生活啊!"

我一路上都在极力地说服父亲，但他却始终沉默无语。我想：都说老小孩小小孩，过两天等他忘记这码事也许就消停下来了。可谁知，一回到墨尔本，父亲就找出照片，并要求我按照上面提供的联系方式打电话。我这才傻了眼："那地方在离墨尔本200公里外，您去那里干吗？"

我死活不同意，反正父亲语言不通，我不帮他联系，他一个人还能折腾到哪里去？

可是我真是低估了父亲。他竟然通过中文报纸找到能讲中文的中介，去帮他谈农场的价格，事情办得出奇顺利。因为父亲是唯一的买家，因此他很顺利地用15万澳元以分期付款的方式买下了那片农场。

从此以后，父亲就开始为搬到农场去做准备。他今天买回来一块毯子，明天又买回来一套餐具，他买回来的东西堆满了车库。而我，却百思不得其解，哥哥对父亲可以说是百依百顺，对我这个唯一的妹妹也是疼爱有加。要不是有哥哥的坚持与帮助，我是根本不可能到澳洲读大学的。哥哥还帮我付了50%的首付，让我在澳洲有了属于自己的居所。

因此，面对父亲的做法，我绞尽脑汁也无法理解。无奈之下，我给哥哥发了信息，希望他能在这关键的时刻，拦住父亲，打消他的念头，彻底放弃那些不切实际的想法。哥哥很快就回了信息说："一定要拦住爸爸，绝对不能让他一个人去那么远受罪。"

但是，父亲却直接包了一辆车，在我上班后，拉着他的那些家当去乡下的农场了。

哥哥听到这个消息，并没有太过指责我。他处理好手头的事，以最快的速度赶到了澳洲。周日，我带着哥哥去父亲所在的农场，远远地，就看到父亲瘦弱的身影，在农场里穿梭忙碌。当我们的车到父亲身边时，他先是一愣，接着脸上就露出了笑容，望着那一望无际的农场说："这里很快就是一片丰收的景象。你们看看，这么多土地怎么能空着呢！好好的土地空着不是犯罪吗？"

我和哥哥没有说话，看着父亲。父亲说："你们别觉得我是放着好日子不过。我们老家那里的学校，是几十年的老房子了，更别提里边的设备有多简陋了。人家城里教学都用上电脑、互联网等先进设备了，我们还是传统的教学方式。等农场收获了，卖了钱能够买一些电脑和先进的教学设备，改善一下孩子们的学习环境，那该多好啊！"

父亲说得满脸憧憬，太阳照在他皱纹纵横交错的脸上，一片金黄。

哥哥泪流满面地搂住父亲说："爸，您怎么不早说呢？"

故乡的云

老人院里,已经是一片深秋的萧条。风没日没夜地吹着,打在玻璃窗上"噼里啪啦"地响。今年的秋天可真是有些怪啊,她看着窗外,没头没脑地自言自语。

她是那家养老院里唯一的中国老人,我从第一次到养老院做义工就注意到了她。也正因为如此,我才被分配在周日来照顾她。当她第一次见到我,听到我说中文时,她露出了一抹笑容,握了握我的手,她的手骨瘦、冰凉。

她很少说话,总是蹒跚着来到窗前,双手使劲地支撑在窗台上,睁着双眼向窗外望,似乎在等着什么人一样。在过去的几个月里,我每一次见到她,她几乎都保持着这样的姿势与目光。除了简单的应答,她很少说话。

那天早上,她说:今天我儿子要来看我了。她说的时候就那样双眼望着窗外,望着院子里,枫叶一片又一片地飘落与盘旋。她一直盼望着儿子来看她,从三个月前就开始,盼来盼去,今天儿子终于要来了。儿子坐在她的面前,居然看不出一点关心与热情。

她看着儿子问:你以前一到秋天就经常胃疼,现在好点了吗?

儿子的眼睛不知道落在哪里，心不在焉地回：还那样。

你额头怎么了？

她的声音提高了八度，想伸手摸摸儿子额头上的一块淤青处，焦急地问。

哎哟，没事儿，没事儿，别大惊小怪的。

儿子显然很不耐烦，一伸手，一摆头躲开了她已经伸出来的手。她有点尴尬，不情愿而又无奈地缩回了手。一时间，她竟然不知道该说点什么好了。一阵悲伤涌上心头，她说：我说不定哪天就走了，去找你爸去了！

行了，行了，你一见面就说这些，没完没了地说这些废话干吗？从60多岁就说，这不，你都83了还不是好好的吗？

儿子的话从刚才的漠然变成不耐烦。

她在过去的三个月时间里，一直想着的事，通通被儿子的话抢白了回去。那些话堵在咽喉，却一个字也说不出来了。气氛，就像她入秋以后的心情。她想说，张不开口。她知道，即使她张口说出来，儿子也会很不耐烦地将她顶回去。严重的话，还会说她胡思乱想，是闲得没事儿干。她的嘴一张一合了好多次，却最终一个字也没有说出来。

没事儿我就先回去了。您也不要总是打电话让我来，这里是专门的养老机构，我每个月要交不少钱呢！工作人员会好好照顾您的，再说，您要是真有事儿，他们也会跟我联系的。

儿子的话让她听得哑口无言。她默默地看着儿子快步走出房间,走廊上很快就传来了他那有节奏的脚步声。接着,接待厅的大门"吱呀"一声,她知道儿子已经到院子里了。

她双手支撑在窗台上,一直望着,儿子的背影逐渐隐没在秋风中,她才挪动着身体坐到床上。她从床头柜中拿出一本小相册,一张张地翻看着。这本相册,是她一生记忆的浓缩,每天不知道要看多少次。老伴去世的那一年,她70岁,突然间就觉得天都塌了下去。老伴曾是一所大学的知名教授,深受尊敬。他们在京城的二环以内有宽敞的住房,遗憾的是他们的两个儿子都不在身边,一个在美国,另一个在澳洲定居。退休以后,他和老伴到过几次澳洲,那时的儿子对他们很好,极力劝说他们到澳洲养老,说这里空气好,人口少,适合颐养天年。于是,他和老伴一商量,就卖掉了京城的房子,来到了儿子身边。

一开始,还是相安无事。可是时间久了,在西方出生的孙子与孙女跟他们之间就出现了矛盾。他们觉得,孩子们都10多岁了,应该有礼貌,在饭桌上应该注重餐桌礼仪。一次,看到孙子在她做的排骨与豆角之间扒拉来扒拉去挑着肉吃,他们忍不住就说了一句。谁想孙子却给他们一个白眼说:你们是谁啊?白吃白住在我们家,还要管我的私生活。

结果，这句话引发了一场家庭战争。一家人闹得都很不愉快，没过几天，老伴就一病不起，两个月后就走了。她每次想起这些，内心都如被人撕扯着一般疼痛。将老伴葬在异国他乡之后，她的心一刻也没有安生过。她总是想：如果我不来澳洲就好了。

她变得有些神情恍惚，儿子媳妇说看不了她愁眉苦脸、哭哭啼啼的模样。她说：那你们把我们卖房子的钱给我吧，我回国去！可是，他们答应着却迟迟不拿出来，总是以"年龄大了，我们不放心您一个人在国内"为由推迟。最后，在她毫无思想准备的情况下，将她送进了养老院。

她断断续续地跟我讲完这些时，已经秋深冬近，日子便越发地萧条了。她依然喜欢坐在窗前，一动不动地望着窗外，望着院子来往的人。有一个周末，她的心情突然好起来，脸上也显出少有的笑容。虽然依旧望着窗外，虽然依然是期盼的神情，但是在她那挺直的背影里，似乎增添了不同寻常的力量。

她说：我终于可以离开这里了！你看，我妹妹来接我了，她来了，她来接我了！

走出养老院的大门时，天上，大朵大朵的白云正铺天盖地地游过来。她望着，自顾自地说着：看，那一定是故乡的云，和你一起接我回家了。

她妹妹回着：是啊，姐，咱们回家，咱们马上回家。她们就在那悠悠的白云下，一步步地离开了养老院。

一碗桃花梦

法国女人

露西亚，你为什么每天都化妆？

每天，在公园里散步见到琳，她就这样问我。我看到她推着一个婴儿车，车里坐着她13个月大的孙女。琳的头发有点乱。事实上，每次见到她，她的头发都是这样的，仿佛她的生活总是匆忙的，没有多余的时间来打理。

琳，你出来前，没有照照镜子吗？你的头发显得不太整齐。

我偶尔会对琳这样说一句，但琳总是抱歉地说：露西亚，你知道吗？我很羡慕你的生活，羡慕你的状态。

她的脸上显出一种少女般的羞涩。

为什么？

我一边问她，一边跟她一起坐在园边的长椅上。正是玫瑰花盛开的时节，阵阵花香随风扑鼻。园中的紫色玫瑰最耀眼,大朵大朵地绽放着。琳将婴儿车尽量地靠近自己,又拍了拍孩子的小脸,露出浓浓的爱,她将一个小水杯放在孩子的嘴边,说:天热,宝宝快喝口水吧!

孩子听懂了,张开小嘴巴就喝起来。

安顿好孩子,她才转过头对我说:看你,总是能有时间把自己打扮得这样漂亮,你总有时间过自己随心所欲的生活,真好啊!这还不够让人羡慕的吗?

琳说这话时,叹了口气,脸上显现出一种失落。

我说:琳,你不是退休了吗?你也完全可以过自己想过的生活啊!

琳听到我的话,摇了摇头说:我没有时间,我虽然退休了,可是我得替儿媳妇带孩子,我还得一日三餐帮他们做饭。天不亮就起床,晚上十一二点还无法休息,累得这把老骨头都跟散了架似的。我哪有时间像你这样自由自在地生活呢?

琳每次强调这些,我听着就觉得矛盾。我不明白,孩子是儿媳妇的,又不是她的,为什么一定要照顾呢?我儿子有三个孩子,我只是偶尔会帮他带几个小时。

琳就不同,她要带孩子,还要给一家人做饭,她把自己的时间都消耗在了别人身上。

琳的叹息,在玫瑰花的芳香中,随风飘荡……

李先生

  玫瑰花是公园里最美的风景。那个法国女人最喜欢坐在那条长椅上,默默地看着玫瑰园。她有时还会跟老太婆聊天。今天,她的白裙衬托出她优美的身姿。全世界都说法国女人优雅,露西亚像是这个说法的证据。怪不得老太婆每次跟她聊完天,都不停地抱怨说:真是人比人得死,货比货得扔啊!同样是女人,人家退休后,想干吗干吗,都能按照自己的意愿安排生活。可我呢,工作了一辈子,伺候走了你爸妈,好不容易熬到了退休,又要带孙子,又要给儿子儿媳妇当牛做马。这样下去,什么时候是个头啊!

  老太婆每次讲起,都会把自己说得鼻涕一把泪一把,就好像她一夜回到了解放前,人间的疾苦都让她给占了。那委屈啊,那抱怨啊,就别提了。

  仔细想想,我十分难过。儿子在澳洲读完大学,就在这里结婚生子,扎了根。老太婆虽然已经不是过去的她了,但改变不了她曾经的梦想啊!年轻时,蟾光银满,我们对坐窗前。夜晚,清风低吟,树上的鸟儿,在枝头鸣唱,而她,总能在这些每天重复又不断变化的四季中,找到乐趣。日子虽苦,精神却无比欢愉。

  时光就如冬日头顶的日光,还没有来得及暖遍全身,却已渐行渐远。老太婆的关于退休的诸多计划,都被儿子、孙子打破了。我们离家万里，只为了照顾孙子，照顾他们一家的饮食起居。60多岁的人了，每天忙碌如陀螺，哪有一会儿清净的时间呢？

夜晚，南半球的风，吹来了对家国的思念。老太婆唉声叹气，一夜无眠。我知道，她一定在为法国女人露西亚的话而思绪难平。

琳

一整天的忙碌后，我总是听着一家人的鼾声上床。

夜晚静悄悄的，疲惫袭来，使我的全身都如同被人棒打了一般地疼痛。我，却睡不着，外边死水一般，沉静无声。旁边的小床上，孙子睡得正甜，他的小脸在微黄的灯光下，平静而安逸。他的小脸活脱脱就是儿子小时候的翻版。转眼一晃，儿子都已经有了自己的儿子了。

我们从来没有想过，儿子要在异国他乡定居，我们更没有想过，退休以后还要来到这里。对于退休之后，我有过很多的计划。我喜欢旅游、喜欢舞蹈与歌唱，一直盼望退休以后有了时间就去学习，来丰富自己的生活，可是儿子三番五次地请我们过来帮忙，我们一推再推，最终还是推不过。我们可以说是在儿子的请求加威胁之下，迫不得已才来的。一晃3年过去了，大的上了幼儿园，小的才1岁多。每一个夜晚，我都能梦见自己跟着老伴在那些美丽的风景中，享受属于我们自己的快乐生活，醒来时，又要面对陌生的世界。虽然我的英语水平足够与人沟通，但这似乎改变不了什么。

想起那年，我们坐在家中的树下喝茶。三月，那棵桃花开得正旺，一枝枝一串串，一树烂漫，满院芳香。一阵春风吹，桃花落满地。老李拿了一只碗，将地上的桃花，很仔细地捡起来，放到碗里。我就那样默默地看着他，想象着有一天，当我们老年的光阴到来时，他在捡拾落花的情景，心中便溢满甜蜜。

当他把满满一碗桃花放在我面前时，我的世界便装满了桃花。

每次见到露西亚，听到她的话，都给我强烈的震撼。她的现状是我年轻时的梦想。我依然想穿着漂亮的裙子和高跟鞋，参加聚会；我依然想一身便装去看世间的风景。

又是一夜无眠，天已渐亮。

我的眼前又被那碗桃花装满，恍惚中，我开始转身，朝着桃花前进。

你从厦门来

你的目光,一直都没有变。锐利、冷峻却充满悲情。

我站在你的面前,不知道你是否记得,这已经是我第三次站到你的面前了。每次从墨尔本到此处,穿越几百公里的奔波,我一次又一次地来到你的面前,看到你依旧以同样的姿势,待在同样的地方,我总会感到一点欣慰。

你脖子上的那块玉佩尤其显眼,我看不清颜色,是白色、墨色或者是绿色,总之这已经不重要了。重要的是,你一直将这个玉佩戴在脖子上。我难以找到你离开故乡时的确切时间,但是我想,那一定是一个海风吹拂的清晨,你曾经那么年轻英俊。15岁的少年,连呼吸中都散发着蓬勃的朝气。你原本是带着父母的嘱托与希望,带着少年的梦想去远方寻求新生活的。年迈的祖母整日躺在床上,被病痛折磨得呻吟不止的回音,一直是你年少心中的痛。父亲不到40岁,却已两鬓染霜,脸上沟壑般的皱纹,像有人在用尖利的刀挖着你的心。你甚至不忍心看父母那张写满苦难的脸,你不忍听祖母的呻吟。

你站在海边,滔滔海水一阵又一阵地拍打着岩石。你的脚下被一片片浪花聚聚散散地冲击着。你想起来,去年的这个时节，舅舅家的表哥随一群人南下，不久传来好消息，说是已经找到了营生。在舅舅阴郁的脸上见到了久违的笑容，你听后心动了。你记得舅舅的笑容在他的脸上像一朵菊花开放的过程，有很多次见到他，都能感觉到。

就这样，你跟着一群熟识的、不相识的人一起踏上"宁波号"帆船，踏上了通往异国他乡的征途。临行前，母亲摸索着从破旧的内衣口袋里掏出了一块玉佩递给你，说：你还这么年轻，就得去那么远的地方打拼生活，这是咱们家的祖传玉佩，你戴在身上，佑你平安……

话未完，母亲已泪双行。

"宁波号"帆船，带着300名同乡，离开港口，缓缓驶入波涛汹涌的大海之中。回头望，母亲的身影似乎被风淹没在波涛里，你终于"哇"一声坐到船板上，哭了。

你的哭声被大海吞噬。

经过88天的海上航行，"宁波号"将你们载到了南半球。

你从此便与那300个人，被分散到不同的农场主那里，或种植、开垦、牧羊。这其中去向最多的就是牧羊业，做了牧羊人。你便是其中之一，你被人以8澳元的价格卖给了雇主，虽收入微薄，但终究解决了温饱问题。

夏天的南方大陆，太阳火热地炙烤着你15岁的肩膀。你的皮肤很快就被晒成了古铜色，脸上的汗水滴滴叭叭地落在草原上，渗透进草地里。那一眼望不到边的成百上千只绵羊，是你的陪伴。遮天蔽日的大树，是你的伞，你眼望东方，想起父母亲人，不禁热泪如泉。夜晚，你与同伴坐在草地上，一天的疲惫与汗水被风吹去，留下的只有对明天的憧憬了。

我们在这里待上几年，赚些钱，希望我们能早点回家。

是啊，这里受英国殖民者的统治，我们中国人在这里只能干苦力，受气。

你却在想：真希望祖母的病能好起来，真希望自己有一天也能有一个农场，有一群牛羊，要把同胞们都组织在一起，免受欺凌。

时光的脚步，一晃就推着你在茫茫的草原上过了一年又一年。你20岁，从少年长到了青年。但你的愿望，却离你越来越远。目光穿过茫茫的草原，扫过苍茫的大海，你似乎望到了厦门的烟雨。这几年，欧洲殖民者对同胞的欺凌，从未间断过，一个又一个同胞在你的眼前，走了。他们的英魂被抛在了异国他乡这块遥远的土地上。那天，你最好的朋友，跟你同岁的小林子被他的雇主无辜冤枉偷了他的东西，被打了一顿，第二天早上就死了。你知道这个消息的时候，不顾一切地跑过去，你看到小林子的尸体上盖着一块毯子，上面有大大小小的洞。你伸出手，颤抖着掀开，小林子的脸上，青紫的血痕，一道道展现在你的面前,他的双眼大睁着,眼珠像是要爆裂了一般。他身上的衣服更像是零碎的布条,透过那一条条的破布条,你看到小林子皮肉模糊。合上小林子的眼睛,你在心里呐喊:小林子,我一定为你报仇!

小林子死后,你一两天也说不上一句话。你最初的梦想,在这块土地上变得越加缥缈。你原本以为,即使不能为自己与同胞做一点事,也能换得自由身,回到父母亲人的身边。

但是,几年下来,你依然两手空空。

你绝望的心情可想而知,明月悬在一棵老树上,你,站在树下,月光清冷冷地照着,照得你打了一个又一个寒战。

你也许不知道,那个时刻,远在厦门的故乡,你父母时常在黄昏,来到你登船的港口,眺望遥远的大海的那一边。

你的母亲在日复一日的等待与眺望中,身影一年一年地缩小。

你最终也没能等到回家的日子。那天,你为了保护同胞,与农场主发生了争执,保护了十几个同胞的生命。

而你,却倒在了血泊中。

那一年,你25岁,离家10载。

你被草草地埋在草原的一棵树下。

当年，一份报纸上，留下了你一张黑白照片，你与一群同胞在一起，你脖子上的玉坠，格外显眼。

180年的时光过后，那段岁月成了历史，你与300个牧羊人的故事成为传说。当地政府为此立碑，博物馆里也记录下浓墨重彩的一笔。阳光下，你的目光依然朝向大海。海的远方，是你的故乡。

你，从厦门来！

筷子与刀叉

夏阳如火，风无一丝。

院中的大树拖着满树打了卷的叶子，阳光便照旧从那一串又一串卷起来的叶子间，射下来，地面滚烫。玛格丽特站在树下，内心打起了鼓。她每次要去见茉莉时，都会有一种十分复杂的心态与情绪。

玛格丽特

真是见鬼了，为什么我总是希望见到茉莉，但每次见到她，我又心情复杂，把事情搞得一团糟呢？

玛格丽特这样想时，从树下挪开脚步，坐到驾驶室里。

那辆伴随了她30年的福特牌汽车，发出呜呜的响声。她拍了拍方向盘，见到帕克斯的照片正对她笑。帕克斯已经故去20年了。亲爱的，你在那边还好吗？你是不是说过：这世界上除了你，没有人能和我相处的。那么多年，我嘴上一直不承认，即使是现在我也不愿意承认。但是亲爱的，最近，我突然觉得我离你越来越近了，也许马上就要去上帝那里报到了。你得在那边睁大眼睛看着，不要让我找不到你。

玛格丽特自言自语，照片上的帕克斯依然停留在青春时代。他有一双明亮的大眼睛，深邃、睿智。她不得不承认，帕克斯那双眼睛，哪怕是到了晚年，哪怕是在他的弥留之际，对她一直有着巨大的吸引力。这辆老福特轿车是帕克斯的最爱，那时候玛格丽特总抱怨车太老，应该换一辆，但是帕克斯不同意。帕克斯去世后，玛格丽特本可以换一辆自己喜欢的车，可她却在卖车的那一刻，突然改变了主意。

20分钟的路程，转眼即到。

她下了车，看到茉莉正站在门口等她。每一次这样的时刻，玛格丽特的内心都会涌出一股暖流。这个女孩，不管她是有意还是无意地伤害了她，她却从不跟自己发生正面冲突，总会在某个时刻给她意想不到的温暖。

妈妈，你不应该对人那么刻薄，你要明白——你的其他孩子自从父亲去世以后，就再也不跟您联系了。您必须懂得尊重别人，人的忍耐都是有限的，即使是对自己的妈妈。

她最小的儿子一直这样对她说。他的眼里藏着强压的怒火。这些，她都能在他的眼睛里看到。他的眼睛跟帕克斯一样，深邃而睿智。那是她最疼爱的儿子，如今，她觉得茉莉把他从自己的身边抢走了。他已经不再想对自己言听计从。他会跟自己争辩，会说：妈妈你错了，你不该这样对待茉莉！这不公平！

她每次听到这些话，对茉莉就多了几分恼怒。

她一边对茉莉有着熄不灭的怒火，一边又控制不住地跟她见面。

玛格丽特看到茉莉穿着一条橄榄色的裙子，她笑容恬淡、文雅。她走过去，给了她一个大大的拥抱。

希望我们今天能够相处愉快。她在茉莉的耳边说出这句话时，佛兰克的眼里闪过一丝不满。

茉莉

我接过玛格丽特递过来的一束花，随手插到厨房的花瓶里。花当然是从她的园子里剪来的绣球，玛格丽特素来不会随便花钱，又何况是花这样中看不中用的东西呢？

她又开始在房间里的每一个角落里看，像一个技术娴熟的侦察兵,会把每个空间都看一遍,就连我们的卧室都不会放过。然后,她会说:家里真干净啊!佛兰克越来越会收拾家了。他工作那么辛苦,还能把家收拾得这么好,真是不容易。

尽管,打扫与收拾家的人明明是我。

朋友的电话打进来,我们谈论了一会儿为疫情捐款的进度。玛格丽特问:为什么事儿捐款?于是佛兰克大致地介绍了新冠肺炎疫情,他们正在组织捐款买医疗物资的活动。她似乎听明白了,说:哦,可怜的人们。

我不得不说,只因为她是佛兰克的母亲,我才以礼相待。我母亲说:不要跟长辈计较,她年龄大了,爱说什么就说什么吧,要是计较那些,就好像我们是缺家教一样。母亲的话总是在让我一次又一次地当玛格丽特所说所做都是无心之举。我能拿一个80多岁的老人怎么样呢?又何况她是我的婆婆!

佛兰克

我敢说:婆媳关系是世界上最难处的关系,我对母亲的所作所为简直是恨透了,可是我没有办法。不是那样说——朋友是可以选择的,而你却无法选择自己的家人。如果能够选择,我愿意选择像茉莉母亲那样的妈妈,她宽容,对每个人都很善良而理解。这就难怪她会有茉莉这样的女儿。为了茉莉,我当年在北京的王府井大街上足足跟了她一个星期,最后才认识了她,又经过漫长的三年,才将她娶回来。天知道,我花费了多少心思。我一直相信,茉莉就是来自东方的一块美玉,她是我生命中最重要的人,无人可以取代,我爱她胜过一切。

母亲是一个极不好相处的人,她没有过朋友,跟亲朋好友几乎没有往来。因为她固执,说话又尖酸刻薄。我姐姐经常发出这样的感叹:真不知道,我父亲是怎么忍受你的,居然跟你生活了几十年,怪不得他那么早就去世了。每次听到这种话,她都会暴跳如雷。我承认这样说自己的母亲听起来很过分,可那也许是姐姐在她40多年的生命中,积累出来的抗争。她从开始的躲避,到后来的逃避,直到最后的不相往来。

三人行

周日,玛格丽特再次来到茉莉面前。

茉莉照旧给她一杯英式红茶,说:刚好是您喜欢的4分钟。

玛格丽特说:谢谢你,亲爱的。我明白,我其实是有些……不好相处。对不起了!

说完,她深深地低下头。

佛兰克惊讶地睁大了眼睛,他简直不相信这话是从母亲嘴里说出来的。

茉莉似乎一时反应不过来，看着玛格丽特，发不出一字。

玛格丽特从包里掏出一个信封，她将信封推到茉莉面前说：这是1000澳元，请你替我捐给中国，我会为那些人向上帝祈祷的，可怜的人们……

茉莉依然说不出话，玛格丽紧紧地握住她的手。佛兰克语无伦次地说：妈妈……哦……妈妈，谢谢您！

正午的阳光

他曾经是一个成功的企业家，全省的电视新闻上，时常有他穿着各种颜色西装的身影，高大、伟岸。突然有一天，他再次出现的时候，却是在每日新闻的最后一条：他因为行贿、偷工减料酿成重大事故等问题数罪并罚被判刑8年。

那个时刻，所有曾经关注过他的人都有不同的反应，嘲笑者说：我早就看那小子不是个东西，你看，出事了吧！幸灾乐祸者则说：活该！谁让他那么有钱，天天嘚瑟呢！惋惜者则摇头叹息地说：哎，人啊，十年河东，十年河西！

不管是好话坏话，他都听不到了。这是完全不同的感觉，他从前呼后拥的知名企业家，变成阶下囚。他的头脑里如同在回演着一部长电影，剧情曲折而又生动。最关键的是这些情节是他熟悉的，他此时此刻就想：自己为什么一开始却没有看到剧情的发展呢？

当然，没有人给他答案。监狱里，除了放风的时间，他都是一个人独坐，一周也说不上一句话。同一房间的狱友，经常有人来探监，出去的时候满脸期待，回来后一脸的满足、感动或者充满希望。只有他，自从入狱以后，没有一个人来看他。一开始，他每天盼望，自己有那么多的朋友，他们怎么会不知道呢，再忙也会来几个人看他的。

可是，一晃两个月过去了，没有一个人来看他。

他呆呆地望着，这一堵高墙，阻挡了他的路，难道也挡住了那些友情吗？

他是在孤儿院里长大的，不知道自己的出身与来历。走上社会以后，只有在孤儿院一起长大的好兄弟宋小墙一起抱团取暖。后来，他通过不懈的努力，从建筑工干起，最终创建了自己的工程公司，由最初的几个人发展到几百人规模的大公司。那时开始，他的人生呈现出完全不同的色彩。他感觉，自己的头顶上永远飘着彩云，明亮得令他心花怒放。那光亮与色彩使他觉得，孤儿院的生活就如万物凋零的冬，是怎么也扯不断的苍凉。在人生得意的时刻，他越发感觉孤儿院渐渐成了他心头的痛，时刻牵扯着他脆弱的神经。也因为此，他逐渐疏远了宋小墙。

日子变得异常煎熬。

他感觉自己就像是一张被放进热锅里的大饼，任人翻来覆去，任人主宰着成熟之前的命运。他摸不到方向，看不到出路。8年时间就要在这高墙内度过？有一天早晨，他突然听到院子里鸟鸣的声音。那声音在安静的高墙内，清亮悦耳，如一股山中的清泉，缓缓地流进他的听觉中。

小鸟多自由啊！他不由得感叹，眼睛里透出的是无尽的迷茫。在不到半年的高墙生活中，他除了接到妻子的离婚书外，就再也没有任何一个与他有关的消息了。他想：那些朋友都哪里去了？难道真的是墙倒众人推吗？不会啊，那么好的朋友，怎么能说散就散了呢？

终于，有一天，他听到有人喊："59号，有人探监。"

他一开始并没有注意那就是自己的编号，他前后左右地看了一圈，发现狱友都把目光对准了他，他这才注意到59代表的就是自己。

他站起来，跟着狱警来到了接待室。

通过宽大的玻璃隔窗，他看到外边站着一个白发苍苍的老奶奶。她的头发在正午射过来的光线下，愈发白得耀眼，她的脸上布满深深浅浅的皱纹。她的手里拿着一个大包袱，里面鼓鼓囊囊地装满了东西。

此时，老奶奶发现了他，她惊喜地来到窗前，按照狱警的指点，拿起了话筒。她对着话筒说："孩子，我来晚了。你还好吧？"

她的眼里射出的是疼爱，是久违的温暖。可他茫然地望着大玻璃外的老奶奶，却想不起她是谁！

老奶奶不管不顾地说："孩子，我是前些日子才知道你出事的，听完我很着急，很惦记你。看样子，你不记得我了。那年，你才19岁，你住在后小街的一间小房子里，我是你的邻居。那时，我小孙子跃跃一放学就缠着你讲故事……孩子，你还能想起不？"

在老奶奶的讲述下，他终于想起来了。那时候的老奶奶不过是60岁出头，她的儿子与儿媳在一场火灾中丧生，她带着孙子相依为命。那时，跃跃才9岁。他全都想起来了。后来，他混好了，搬出了后小街。从此，他再也没有见过老奶奶与跃跃。

老奶奶说："我记得，那年，跃跃要交学费，我怎么也拿不出59块钱，是你给了跃跃100块钱，他才按时交上了学费啊！你那时候在工地上打工，不容易。为了这，我和跃跃一直感激你。你还经常替我搬东西，替我扛煤气罐。孩子，我们都记着呢，你是一个善良的人。跃跃很快就要大学毕业了，他说放寒假后一起来看你。"

老奶奶颤悠悠地打开包裹，一件件地往外掏东西说："记得你以前最爱吃五香花生米，这些够你吃一阵子了；马上就到冬天了，这是我给你准备的棉衣，这里是北方，会很冷的，你用得着；这些是袜子，这些是……"

面前放满了东西，他的泪水不知不觉流下来，他使劲地用手抹了一把，泪水却越抹越多。

时间到了，老奶奶站起身，透过玻璃，拍拍他的脸说："孩子，下个月我还来看你，你要好好的。总会过去的，我等着你早点出去！"

老奶奶一步一步地往外走，正午的阳光照在她的背影上，一片灿烂。他心中一下子升腾起了无数的力量，不由自主地冲着背影喊："奶奶，您等着我，我一定要早点出去给您养老！"

心　愿

当碧橙第六次接到父亲要钱的信息时，她有点坐不住了。父亲素来爱好单一，又勤俭得近乎抠门。小姨曾经多次冷嘲热讽父亲——把一分钱看成锅盖那么大。但是，父亲以前从来没有跟自己开过口。这是父亲第一次在一个月之内要了6次钱,每次2000元。碧橙虽非大富大贵,但这些钱也并不影响她的生活,想必也许是父亲有了难处。

周日的晚上,碧橙与往常一样跟父亲说了几句话,父亲犹豫了半天,最终还是发过来一句话:女儿,再给爸2000块钱好吗?

碧橙问:爸爸,您要钱干吗用啊?是不是我妈的身体……

过了好久,父亲才发过来:急用!与你妈妈无关,你就说给不给?

父亲的语气很生硬。

碧橙突然想起,前天表妹跟自己视频时说:"你们家新请的护工是个30多岁的小寡妇,姑父对她可好了。"表妹的口气听起来很不是味。碧橙还没有来得及说话,视频聊天被突然进来的电话打断了。电话是生意伙伴打来的,一谈就是一个多小时。后来因为忙,她就把这件事儿忘记了。

母亲已经瘫痪在床3年,一直由父亲照顾。最初碧橙还觉得父亲能做到这一点,有点不可思议。在她的印象中,父母的关系并不像别的夫妻那样亲近,甚至她在彼此的身上连爱都看不到。记忆中,父亲一起床就急匆匆地收拾好,说一声"走了"就到学校上班。父亲做了40年的小学老师,直至退休。而母亲只是一个普通的家庭妇女,她如同一个旋转的陀螺,从睁开眼睛开始,一天当中都在不停地劳作。父亲与母亲经常一言不合就硝烟弥漫。母亲的口头禅就是："这个老不死的，老顽固，冷血动物。"父亲每次都狠狠地瞪着母亲，然后甩下一句："无知、泼妇！"拂袖而去。因此当母亲因意外，余生只能在床上度过时，碧橙的心里不知有多么难过。后来，父亲主动担负起照顾母亲的责任，并且拉着母亲的手不住地安慰母亲时，她在感动的同时也觉得不真实。

碧橙离得远，除了经济上，基本帮不上什么忙。可是眼看着父亲在母亲病倒之后，身体越来越瘦弱，她既心疼又感愧疚。春节期间，她与丈夫一起说服了父亲请护工。这样，父亲可以拾起他在楼下跟马伯伯下围棋的爱好。父亲不止一次地说，自从有了护工，自己轻松了不少，解放了不少。

碧橙虽然心里很乱，还是赶快给父亲转了2000块钱。但是转完之后，她的心却愈加不踏实。请护工的费用都是她来负责的。父亲的工资虽然不高，但足够父母二人的生活。那么父亲跟她要钱的用处，成了她心里的谜团。还没有等她解开这个谜团，表妹的信息再次令她的心里充满了不安。

"姐姐，你赶快回家一趟吧！回来晚就麻烦了！"

表妹留下这句话，就再也不回她的信息。于是，碧橙简单交代好公司的事务后，开车从省城往家里赶。

经过5个小时的奔波,赶到家时,夕阳刚好纷纷扬扬地到落在小区的角落里。

"碧橙回来了?"

一出电梯门,邻居路阿姨看到,有些怪里怪气地问。碧橙点点头,就直奔自己的家门。她似乎感觉到路阿姨在背后射来的复杂目光。开了门,听到厨房里油烟机的轰鸣声,父亲正在炒菜,碧橙刚要说话,却看到水池边洗菜的年轻女人。她默默地看了一会儿,悄然向母亲的卧房走去。

见到她,母亲似乎并没有往日的兴奋与亲热,只是淡淡地笑了下。碧橙坐在母亲的身边,眼前闪现出母亲从前旋转的身影,内心一阵悲凉。母亲说:"你工作那么忙,跑回来干吗?那么远都听到风言风语了吗?真是好事不出门,坏事传千里,我这个没用的东西,什么也帮不上忙,却处处要拖累你们,就连死都要人帮忙了……"

碧橙惊讶地看着母亲。

此时,父亲与年轻的护工已站在门口。父亲看到她,似乎也并不觉得意外,叹了口气走过来坐到母亲的床前。

护工也走进来,看了看父亲,又看了看母亲和自己,然后又对父亲说:"叔,我觉得不能这样下去了,您老瞒着也不是事儿啊!"

碧橙惊讶地瞪眼睛看着她。

护工并没有停下来,说:"我们村那个小学校是几十年的危房了,可是一直没有钱修缮,冬天漏风夏天漏雨。孩子们在里边上课很受罪。夏天的一场大雨,房子塌掉了,当时教室里还有几个低年级的学生,两个被压在里边受了重伤,其中一个就是我儿子,头受重伤,两条腿都骨折了,现在还打着石膏。我丈夫在孩子2岁的时候就死了。为给孩子治病,我不得不把孩子托付给我妈……"

她的眼泪已经毫无掩饰地落下来,她擦了一把说:"我来你们家做护工后,叔了解到我们的困境,为了帮助我们修学校和给孩子治病,叔到处筹钱,受到了多少流言蜚语。都是为了帮我们,你们不要怪叔,他是好人啊!"

碧橙听完,吃惊地张大了嘴巴。

母亲满脸泪痕地冲父亲喊:"你这个死老头,你不会跟我说一声啊你?我还以为你嫌我拖累不要我了呢!"话还没有说完,父亲就抓住母亲的手,泪滴滴叭叭地落到母亲的手上,哽咽着说:"你胡说啥呢!我当了一辈子老师,最看不得孩子受苦!现在虽然黄土埋到脖颈了,可我还是想做点事儿,可惜我没本事啊……"

碧橙眼窝一热,依偎到父母的身边看着护工问:"盖学校需要多少钱?"

污　渍

清早，鸟就在树上叫个不停。

那是一种叫凤头鹦鹉的鸟，雪白的羽毛，头上有着金黄的冠羽，它们发怒的时候，冠羽会随之张开，透着一种霸气。平时，女人喜欢这种鸟，但最近，她却时常被这种鸟吵得心神不宁。

3个孩子在她声嘶力竭的喊叫中起了床，像三只不安分的小鸟一样站到了她的面前。她看了他们一眼，脑海中突然冒出那个最近时常跳跃的想法：要是没有他们该多好！当初我是怎么了，竟然一连生了3个孩子。

这个想法一在脑海中出现，她又觉得自己有些可怕：怎么会有这样的想法呢？她搓了一下衣角，发现自己的衣服上有一大片污渍，红红的，像一摊洒在上边的血。她没有注意是什么时候弄脏的，也不知道那是什么东西。她一边让孩子们做好吃早餐的准备，一边在厨房里转来转去。

"妈妈，你的衣服太脏了，看上去好恶心啊！"

她8岁的女儿在背后传出的声音，像叫个不停的凤头鹦鹉尖利的嘴巴，一口啄在她的脸上。她感觉火辣辣的，疼痛"呲"一下蹿遍全身。她回头，看到小女儿的眼睛死死地盯着她的衣角，一脸的厌恶。

丈夫走过来，瞟了一眼她的衣服，说："你怎么把衣服弄得这么脏，看着的确不太像话。"他说完，还特意用手指在那一片污渍上敲了一下，丈夫的脸上拂过一丝不易觉察的笑。

女人觉得丈夫的力度很大，敲得她的心一阵又一阵地震荡。尽管那手指敲在衣服上，无声无息。

丈夫那不易觉察的笑，又让女人轻易地感觉到了一丝嘲讽。

那一刻，她居然什么也没有说出来。

丈夫胡乱吃了几口烤面包，将面前的盘子一推，说上班要迟到了，他匆忙地出了门。院里，很快就传出汽车发动机的声音。

3个孩子，叽叽喳喳地吃了早点，她一个个地让他们坐进了车，将他们送进学前班、幼儿园和学校。

最后一个到学校的是大儿子。10岁的儿子下了车，拿起书包，回头对她说："妈妈，你的衣服……"

"我的衣服？什么衣服？"

她一边要离开驾驶室，一边推开车门。

儿子摆摆手说："妈妈，你不要下来了，我自己进去就可以了。你放心吧！"

说完，儿子转身要走，他的脚步很急。

她已经下了车,儿子又回头说:"妈妈,你不要跟进来了。你看,你的衣服,你的衣服太脏了。你回家换了吧,再见!"

儿子说完,根本不等她的反应,一溜烟地向校门口跑。

整个过程极为迅速,她几乎还没有来得及迈步,儿子的身影已经混合在一群孩子中间,眨眼就看不到了。

她愣愣地看着,回到车上。这时候想起儿子的话,她低头,看到自己衣服的右下角,那一片红红的污渍,颜色更加明显了。红得刺眼,她用一只手卷衣角,慢慢地向上移,然后在衣服上摩擦,显然那污渍已经渗透到了布料里。她再怎么用力,污渍依然红灿灿地躺在她的衣角上。

她就想,这是什么东西呢?是怎么弄上去的?

她想不起来了。

回家的路上,车里非常安静,女人觉得自己的脑海里乱糟糟的,什么也想不出来。一路上,开车时,她时不时就能看到自己衣服右下角的那一片血红的污渍。她突然觉得那污渍是那样刺眼,在她的衣服上发芽了一般,越长越大,搅乱了她的思绪。

过十字路口,红灯,她停下来,有些茫然地望着屈指可数的几个过马路的行人。一个女人推着婴儿车,车上是两个孩子,身旁还跟着一个。手推车上两个婴儿是一对双胞胎,看起来只有七八个月大,一个婴儿在哭,身旁走着的孩子不过3岁,走得很慢,在她的身后蹒跚着,不想走,女人伸出一只手,牵住孩子。然后,她用一只手费力地推着婴儿车往前挪。刚到一半,灯一闪就变成了红色。

还好,两边的车都没有动,在等着女人和孩子过马路。

当然,她也没有动,只是安静地看着女人艰难地往前挪。

女人开始有些莫名地伤感,她望着女人终于挪到了路的另一侧。她的思绪不知道在哪里漂游,她仿佛觉得,那一点点挪过马路,那个牵着大的、推着小的的女人就是自己。

她的眼泪竟然不知不觉地流了下来。

她的泪水就那样落在了衣角的那片污渍上。

直到身后传出刺耳的喇叭声,她才启动了车。后边的一辆车从她的车旁闪过,车窗内伸出一只手,对着她做了一个下流的手势。女人的火"呼啦"一下蹿上来,她觉得自己受到了莫大的侮辱。她按下车窗,对着那辆车骂了一句。

显然,就这一句话激怒了对方。那车窗里的男人,继续不断地对她做着手势,并回了她几句不堪入耳的话。

事情几乎就是在这一瞬间发生的,快得措手不及。

女人的大脑一片空白,她的血在向上涌,她的心跳在加速,她的大脑在膨胀。她脚下用力一踩油门,右手一打方向盘，冲着那辆车的中间位置就撞了上去。

现场，立刻就乱成了一片。

所有的车都停下来，有人立刻报了警。

警车与救护车赶到现场的时候，那个男人已经处于严重昏迷的状态。

当时，女人还有意识，她能感觉到自己被人抬上了救护车，被放在救护车上。她能听到救护车的一路鸣叫之声。

恍惚中，女人似乎看到自己的身体在流血，血液顺着头部向下流，流到了衣服上。那些从她身体里流出来的血，在她衣服的右下角与那片污渍交汇、融合、凝固。

闺　密

逸林将车开到一条林荫道上，又转过一个弯，他确认从后车镜里看不到任何的活物，更别说一直紧追不舍的洋洋了，这才松了口气，对着后边说了句："行了，你也把身子直直吧，她好像没有追上来。"

车后座里的女人，直起身子，前后左右，车里车外地看了一眼，除了草地和树，什么也没有看到，有点不耐烦地说："这叫什么事儿啊？我以后还怎么见人？洋洋那张嘴就是个大漏勺啊！得，你看看朋友圈吧，她肯定已经放到朋友圈了。"

逸林打开微信，看了下朋友圈的更新，果然，洋洋的微信圈有了一条新的更新："世界上女人与女人之间的友谊最不可靠。你认为无话不谈的闺蜜，也许就是那个时刻准备出击抢你男人的人。也许全世界的人都知道了，被蒙在鼓里的只有你自己，还傻了吧唧地把心里话不断地告诉她……"

配在这段文字下边的是一张照片，照片是从后边追赶他们距离最近的时候拍的，能够看到洋洋的头，能够看到逸林的车牌号。

逸林叹了口气。

车后座的女人也深深地叹了口气。

然后，就是长久的沉默。

"可可，是我对不起你！我向你道歉，但是，请您一定帮我帮到底。我不能前功尽弃。"

可可看着逸林，有些气急败坏地说："你知道吗，我跟洋洋从上幼儿园就认识了，一直到现在。因为我们是同一天生日，每年的生日都一起过，到现在我们在一起已经23年了，我们想尽了办法进同一所中学，为了进同一所大学，她甚至放弃了北京大学，我们后来又一起来到墨尔本进了同一所大学。这么多年以来，洋洋已经成了我生命里一部分，可是，现在……"

可可说不下去了，她抱着头，痛苦地大哭起来。

驾驶座上的逸林将双手插在头发里，眼泪在眼里打转。

"除了这样，我不知道该怎么办。我也不想这样啊，可是我现在还有什么选择？还有什么路呢？只有让她看到事实，她才能相信我跟她说的是真的。我现在已经一无所有了，我给不了她幸福。她以前经常跟我说，跟我在一起的初衷纯粹是为了我的经济条件。因为她从小就过着公主一样的生活，受不了苦的。"

逸林说得声泪俱下，他垂头丧气的样子使可可对他产生了无限的同情。可可想，也许他永远也不会知道，她一直在爱着他，只是因为，洋洋跟他在一起了，她才把这份爱深深地隐藏在内心里。

但是，可可不知道从今以后，她该如何面对洋洋。

逸林发动了车，面无表情而又漫无目的。

也不知道过了多久，车子在一所家庭旅馆的院子里停下了。

逸林对可可说："下来吧，今天晚上我想在这里静静。"

可可似乎是从睡梦中醒来，她不知所措地下了车，跟着逸林走进了旅馆。

逸林要了一个套间，里外两间，房间很大，设施很华丽，那一刻，可可的心动了一下。

逸林将自己放倒在外间的大床上，有气无力地说："你在里间吧，安全。怕你一个人害怕，才要套间的，不然就要两个单间了。"

可可没有说话，她翻看着朋友圈，长久地看着洋洋的更新，内心里七上八下的，很不是滋味。她自己都不明白，一直想远离逸林的，为何到头来还是不由自主地答应了他的请求？难道自己与洋洋之间20多年的感情就这样结束了吗？

她翻来覆去睡不着。

逸林看来真的是累了，不久就传来了呼噜声。这还是认识逸林以来，第一次如此近距离地单独和逸林相处，如此真切地看着他，竟然是在这样一种境遇下，她的眼泪不由自主地往下掉。

这时，逸林的手机响起来，可可拿起来一看，果然是洋洋，她又把手机放下了。

手机没完没了地响着，可可推了推逸林，他不耐烦地翻身，又睡去。

逸林的头上都是汗，她的手刚碰触到他的头，就被他的滚烫的额头吓了一跳——他发高烧了。她火速地联系了旅馆前台，在他们的帮助下，将逸林送进了附近的医院。

可可用逸林的手机给洋洋打电话，响了一声，就传来了洋洋的声音，可可顾不上她的质问甚至是恶语，只说了一句：再不来，也许你这辈子也见不到逸林了。

说完，她自己坐到走廊的椅子上，双手捧着脸，痛苦地抽噎着……

归来的帝王绿

午夜的钟声，在远处的教堂里悠悠地传来，每一声都像是对他的某种召唤，他安静地听着，内心里产生了某种无法言喻的愉悦。

也许是我要离开这个世界了，有个声音在他的耳边缠绕。他明白，这个声音已经缠绕了他很多年。是的，很多年，这很多年是他的半个世纪。每一天，他都捧着那块帝王绿如意吊坠，在阳光下、灯光下甚至黑暗中，不停地看，用手摩挲着。往事每一天都在脑海里不停地回放，他的时光似乎就定格在了美丽的青海湖边。

那一年，他从法国留学归来，应青海一起留学同学的邀请，去游览青海湖。不想，到了青海湖边，还没有等到前来的同学，他便因高原反应晕倒在地。此时，正赶上路过的一支部队，一个女医生救了他。为他检查后发现，他不仅仅是高原反应，还感染了痢疾，身体极度虚弱。女医生有一个动听的名字：明月。明月照顾了他三天，为他端水送饭，开药打针。待到他已经完全康复，并且等到了他的同学后，她所在的部队也要开拔了。临行前，他与明月都有些依依不舍，几日的相处，使两颗年轻的心碰撞出了朦胧的爱的火花。他从内衣的口袋里掏出了一对帝王绿的如意吊坠，一只放到她的手心里说：这对帝王绿是我家代代相传，你戴在身上，保护你平安，我等着你。

她双手接过来，紧紧地攥在手心里，泪，滴滴叭叭地落下，滴滴都似乎落在了他的心上。

他留下家里的地址，目送着她随部队远去。他看到，她的身影，一步三回头，渐行渐远，消失在高原的深处。

日子流转，岁月奔忙。他回到家中苦苦等待明月的消息。但是，国内战事不断，风云变幻，通信时常中断，他除了焦急与等待，已无其他的办法。作为独子的他，经不住父母的再三催促，只能与父母满意的女子完婚。新婚之夜，他醉倒在床，手握着自己的帝王绿玉如意吊坠，明月一步三回头的身影不断地在他的脑海里闪现。他忍不住号啕大哭。

日子锁不住时光。

一晃十载，他内心里对明月的牵挂与等待，似乎从来没有停止过。尽管多方打听与寻找，他依然没有她的消息。还好他的妻子是个善解人意的女人，时常劝他说："这年头兵荒马乱的，也许她没有办法跟你联系，有玉如意在她身边，她会平安的。"妻子的话总是让他既感动又内疚，在这复杂的心态下，在这无奈而纠结的思想中，锁住了思念。

叶绿叶黄，年复一年。

半生的时光，他在帝王绿的陪伴中流逝了年华。转眼，他已是青丝染霜，儿孙满堂。而记忆中那个叫明月的女子，依然刻在青海湖边那个一步三回头、满眼泪痕的背影里。

他病了！这些年，他时常生病，每年都在医院里度过一段时光。岁月的风霜，已经将他吹到了生命的边缘，每一次，他似乎都在苦苦地跟生命斗争。可这一次，他似乎已经走到了鬼门关，他已经触摸到了那扇门，帝王绿如意吊坠在他的手里握成了一抹深深浅浅的潮湿。

妻子依在身边，见他目光迷离不舍却痛苦挣扎，握着他的手缓缓地说：我知道你还是放心不下明月。其实，明月早就不在了。祖传的帝王绿玉如意已辗转回到家中。"妻子将怀中的帝王绿玉如意吊坠掏出来，放在他的手中。一对帝王绿玉如意经过了半个世纪的风雨，终于安静地躺在了一起。

他，安然地闭上了眼睛。

要 债

本以为父亲对二舅欠债不还的事儿已经忘记了,谁想正月初六一起床,父亲一边看新闻一边吃完了早餐,站起身突然冒了一句:"我要去要债!"

母亲一脸诧异:"谁又欠你的钱了?"

父亲一脸的恼怒:"谁?还能有谁?还不是你那个败家的弟弟!"

听到父亲这话后,母亲低头,有些没底气地说:"见你这些日子没提,我还以为你忘了呢!"

"忘?我不过是想让他过个痛快的年罢了,欠钱还想赖账,我能忘吗?"

父亲对这笔欠债终日难忘。记得15年前,二舅来家里的时候,酒桌上,一边跟父亲喝酒,一边脸红脖子粗地说:"姐夫,我跟你说,你只要给我两万块钱,我就一定把我大外甥女的工作安排好!"父亲当时也许是喝多了酒,竟然答应了。母亲想拦,却没拦住。她说:"你记着,你上当了,这两万块钱你永远也要不回来了,工作就更别想了。你也不想想,他一个平头百姓找谁给孩子安排工作?"

走到大门口的二舅转回身说:"姐,你怎么这样说自己的亲弟弟呢？事情办不成，我是一分钱也不会要的，我立刻把两万块钱还回来。"母亲当时什么也没有说。我看到二舅装着两万块钱的口袋鼓鼓囊囊的，一步三摇地走出了我家青色的铁门，然后又手脚麻利地推过自行车，一边回头对母亲说："姐，你把心放到肚子里吧，你弟骗谁也不能骗你不是？"说完咧开嘴嘿嘿笑，露出一口参差不齐的牙齿。

看不到二舅的身影了，母亲的脸越拉越长，她唠叨着父亲说："说你缺心眼，你还不信。谁不知道她二舅的心眼比地里的小米粒还多，数也数不清，你这钱就是肉包子打狗了……"

在母亲的责备中，父亲的酒立刻醒了一半，脸色也开始失去了酒桌上的颜色，一个人闷闷地抽起了烟。

那时候姐姐刚刚大学毕业，本来自己已经在北京找到了工作，可是父亲就是不满意，非要让姐姐回来不可，并且擅自到处托人。就在这个时候，二舅找上门了。

事实上，我们平时跟二舅的来往并不多，原因就是有一次母亲回家恰好看到二舅跟姥姥吵架，当时二舅梗着脖子用手指着姥姥说："你这老不死的，还想管着我。"母亲亲眼看到姥姥被二舅骂哭了，顿足捶胸地指责二舅是逆子。母亲劝了好半天才把姥姥哄好。从那以后，母亲再也不愿意搭理二舅了，她说姥姥姥爷最疼爱二舅，从小好吃好穿好用的都紧着二舅。在缺吃少穿的年代里，二舅是顿顿白面馒头白米饭，鸡蛋与肉不断，而家里其他的孩子却都只能眼巴巴地看着流口水。母亲每次说起来，都恨得牙痒痒，说真是个没良心的人，怎么能这样对待自己的亲妈呢？

二舅回去不久，多年不登门的二舅妈突然找上门来。二舅妈一见到母亲就双手叉腰，柳叶眉恶狠狠地挑起来，用手指着母亲的鼻子嚷："你是怎么当姐姐的？你还给他出钱让他去外边养野女人？你怎么不让自己男人去外边养女人呢？"

二舅妈的声音如一个高音喇叭，在我们家的院子里飘荡、盘旋，不一会门口就围了一群看热闹的人。母亲素来不会与人吵架，她被二舅妈骂得晕了头，摸不着头脑地说："二弟妹，你先把话说清楚，你这些话我听不明白。"

父亲也闻讯赶来，听到二舅妈的话一肚子火。二舅妈本来就怕父亲，见到父亲的脸色，就渐渐地把声音低了下去，直到闭上了两片薄唇。冷静下来的二舅妈似乎想明白了什么，一脸悔意说："姐，我错了。你看我这猪脑子，别把我那些话放在心上。我是被你兄弟气晕了头。他说是你给她的钱。"

父母终于听明白了，原来二舅拿着父母的钱给了他在外边的小情妇。父亲听后火一下蹿到了房顶上。他决定把两万块钱要回来。

于是，父亲开始了漫长的要债旅程。但是，每一次二舅见到父亲，都赔着笑脸说：姐夫，你放心，等秋天卖了苹果，我就把钱给你；你别急，等你侄儿读完大学我就给你；等我把新房子盖完就还给你；不就是两万块钱吗？至于那么小气吗？

最后，二舅的语气越来越差，倒像是父亲做错了什么事儿。每次从二舅家回来，父亲都是一肚子的气。就这样，15年过去了，父亲至今也没有把钱要回来。

母亲虽然也气不过，可是她也没有办法，只好劝父亲说："大过年的，你就算了吧！都15年了，他不会还你的。没有这两万块钱，咱也不会喝西北风。"

父亲说："不吃馒头我还得争口气呢，不能被他欺负！我今天是一定要把钱要回来的。"

那天，父亲回到家，一下就把两摞票子扔到茶几上。在经过了15年之后，父亲终于把两万块钱从二舅手里要了回来。母亲都惊讶二舅怎么会把钱这么痛快就还回来了，父亲却神秘地说："我从前是忘记了，对君子不使小人之计，而对小人却不能像对待君子。"

父亲带着两万块钱，痛快地捐给了镇里的养老院。

魔鬼的忏悔

黄昏降临时，西边的天空布满残阳如血的盛景。44号房间的老人一直坐在轮椅上，树皮一般的脸，被纵横交错的皱纹覆盖得看不出表情。艾丽莎推开门，对着他的背影撇撇嘴，表情是无法掩饰的厌恶。

"他居然还能坐着，一整天他都在坐着。"

她一边说一边关门，我从门缝里看到那个苍老的背影，如同凝固了的雕像。艾丽莎转身说："一个人的意志力怎么可以这样强？真是不可思议。医生在3个月前就下了病危通知书，说他活不过一个星期了。可三个月过去了，他还活着！"

艾丽莎的声音不大，望着44号的房间，有些肆无忌惮。44号老人叫卢卡斯，今年已经97岁了，是一位参加过二战的德国老兵。据说他无儿无女，入住30年来没有一个朋友家人来看过他。他沉默寡言，一周也说不上一句话。他说话的时候就是对着工作人员发脾气的时候。艾丽莎说："这个人前世一定是个魔鬼，给他泡茶的时候，一定要4分钟，有一次我拿给他，他喝了一口说：'这茶才三分钟，重新泡！'那表情分明就是个不会通融的魔鬼！"

艾丽莎每次讲起卢卡斯，额头都会凝结成一个个的结。当有人提起卢卡斯的时候，艾丽莎就先用鼻子哼一声说："你是说那个德国魔鬼吗？谁知道呢，也许参加过战争的人都是魔鬼吧！不然他怎么又古怪又刻薄！"

艾丽莎是犹太人，会讲英语和德语，是这座老人院里工龄最长的护理员，从 25 岁干到了 55 岁。她说刚来到养老院的时候，自己苗条得如一棵柳树，走起路来摇曳生姿。而今，随着年龄的增长，她的脸上有了明显的皱纹，走路开始像企鹅一般摇摆。她见过一茬又一茬的人从这里闭上眼睛，被抬上车送往医院的太平间。对于生死离别，她说起来跟吃饭睡觉一般自然。

她说："今天，请你去护理那个魔鬼吧，尽管我也是德国人！"

说完，艾丽莎扭着一米多粗的腰，隐没在养老院的办公区。

秋日的太阳，懒洋洋地照着养老院陈旧的窗，映出一片苍凉的斑驳。

我每周来这里做一天义工，有时陪老人聊天，有时给他们读读报纸，或者根据老人的意愿推着他们在花园里走走边听他们讲故事。卢卡斯的窗户正对着那棵硕大的茶树，青绿的叶子遮挡着大半个窗。对卢卡斯的怪脾气多有耳闻，我看了看那个对窗而望的身影，犹豫了一下，还是绕到门前。

在得到允许后,我轻轻地推开房门,走到卢卡斯的身后问:"卢卡斯先生,您已经坐了一天了,要不要我推您出去走走?"

他缓慢地回过头,仔细地打量着我,眼睛闪了一下说:"嗯,果然不是艾丽莎。谢谢你!"

穿过养老院狭长的过道,来到花园里。几只鸭子在水边的草地上,慢悠悠地追逐。卢卡斯望着鸭子,出了一会神说:"真自在啊,没有负担地活着才是一件自在的事儿。不能像我一样,活成了一把老骨头,内心里背负着这辈子卸不掉的罪恶。我想死,但是我害怕死,因为我知道我死后进不了天堂。"

卢卡斯絮絮叨叨地讲述,又从怀里掏出一个厚厚的本子与一支笔,哆嗦着翻开其中一页,在上边颤悠悠地写了起来。尽管我就站在他的身后,可是我一个字也不认识,因为他写的是德文。一边写,一边说:"我知道他们都叫我魔鬼,其实,我也觉得自己是魔鬼。因为我曾经杀死了很多人。我眼看着那些无辜的人在我面前一点点地倒下去,就像电影里的慢镜头那样,双眼死死地盯着我,喷射出仇恨而又幽怨的火花。"

卢卡斯说,当年19岁的他被强制进了部队。那时,他正在跟一个犹太姑娘恋爱。他们爱得死去活来。不幸的是,他们的恋情被军队发现了，命令他必须将姑娘杀掉。他想方设法地将这个消息告诉了姑娘，并且告诉她如果无法逃跑就要配合他在开枪的时候倒下去，然后再想办法逃跑。

卢卡斯知道自己无力逃脱与辩驳，当时德国纳粹对犹太人的屠杀已经达到了疯狂的程度，使得几百万犹太人惨遭杀害。他们通过相貌、姓氏与信仰、习惯等特点就能判断出是否为犹太人。

卢卡斯果然没能躲过枪毙恋人的命运，他哆嗦着，手枪握在手里出了汗水，他被一次次地催促着开枪，他看到她的眼睛注视着他，他就按照他们事先的约定，她随着他的枪声倒下去，倒在一片横七竖八的尸体中间。

卢卡斯在断断续续的讲述中，永远地闭上了眼睛。第二天，艾丽莎读到卢卡斯写的那本自传体后，她长长地叹息一声，沉默了很久。最后，她决定将卢卡斯的记录翻译成英文出版。

当艾丽莎将《魔鬼的忏悔》送到我手上时，她竟然呜呜地哭了。

啼血的红罂粟

前段时间，我在网上参加了一个居家养老义工服务的活动。这是一个区政府的官方服务机构，专门为那些居家养老又需要帮助的人提供上门服务。这服务包括打扫卫生、帮老人购物或者带他们出去走走。我的服务对象是一位叫艾丽莎的老人。

艾丽莎今年98岁，跟许多同龄人比起来，她身体健康状况良好，依然独立生活。她是一个健谈的老人，每次我上门她都很热情。事实上，她并没有什么事情需要帮助，只不过是偶尔需要我带她去超市买一些生活用品，但她知道时间的重要性，绝对不多耽误我一分钟。总是事先在一张纸上写好她需要的东西，并按照购物清单一样样地放进购物车里。放进去一件，就在清单上打一个钩，一旦清单上的东西全部买好了，就立刻结账走人。她这种干净利落的性格，令我非常喜欢。

艾丽莎是一个平和的老人，她的生活也很规律。每次都会跟我聊上一会儿，聊的内容很广泛，比如对战争的看法，比如对世界格局的发展预测。谈起这些的时候，她完全不像是一个已经98岁的老人，思维敏捷，有着自己独特的见解。有一次，当我们谈到南京大屠杀的时候，她明显感觉到了我情绪上的变化，走过来抱抱我说："战争和侵略都是可耻的，是人类的灾难。有多少无辜的人都在战争中失去了生命、自由、亲人和家庭，我恨战争。"

进入到10月初，樱花渐渐地凋谢了，艾丽莎的心情似乎突然变坏了，每一次见到她，都是沉默无语的。她总是一个人安静地坐在椅子上或者沙发上，双手钩织着朵朵红色的花。那些毛线花活灵活现，看起来比真的还要生动。我叫不出花的名字。她不停歇地钩啊钩啊，一朵朵的花摆在茶几上、桌子上、餐桌上，家里似乎每一个角落里都有花的影子。望过去，那些花一朵挨着一朵，一朵连着一朵，红得耀眼，如血一样令人看后眩晕。仿佛那些花是有魔力的，看着看着就被那样耀眼的红刺痛了，头脑与眼睛都渐渐失去了知觉一般难受。一团又一团的疑问在我的脑海里形成，有几次，我都想问问艾丽莎，她为什么钩这么多红色的花？可是，艾丽莎似乎顾不上说话一样，她连每周例行去购物的习惯都取消了，都是在桌子上放好一张购物清单与购物款，让我独自代替她购物。

这样的时间大约持续了一个月。我因为忙，在此期间，一直都没有办法去艾丽莎家做义工。11月的墨尔本是一个百花盛开的季节，春天的气息从四面八方扑过来。走在外面，总忍不住用鼻子对着空气闻一下，散发的花香刺溜一声就钻进心肺，令人神清气爽，心情也就格外舒畅。

再次走进艾丽莎的院子，虚掩的木门内，杜鹃花开得葱茏，使小院里有了一种别样的生气。艾丽莎开了门，才一个月的时间，她竟然看起来苍老了许多，脸色阴郁着，就连行动也觉得不那么灵便了。这一次，她并没有让我带她去购物，而是跟我说："带我去公园看看吧！"

她似乎早已有了准备，手里提着一个大大的袋子，里边装满了东西，但并不沉重。她戴上一顶紫色的帽子，出门前又走到客厅的柜子前，对着那上面的一张照片望了好一会儿。小小的黑白照片上是一位十分英俊的男子，穿着军装，大概是20岁左右的年纪。艾丽莎默默地看着照片，然后才转身坐到轮椅上，她双手紧紧地抱着那个袋子，似乎生怕它飞走了一般。

公园的一侧，是新修的一条人行道。中间是水泥路，两边则是一条条的长方形大理石。艾丽莎叫我停下来，她颤抖着从轮椅上下来，仔细地看着地面。我从来没有注意过，林荫道两侧的条石上，刻着很多名字，包括出生与去世的时间。艾丽莎打开袋子，呈现在眼前的是她钩的毛线花。她双手颤抖着，拿起三朵花，走到中间的一块条石前。那石头上用英文刻着一个人的名字：大卫·史密斯（1900—1921）。艾丽莎轻轻地将三朵花放在这个名字的下方。然后，她慢慢地坐下来，坐在那个名字的旁边，用手抚摸着每一个字母，泪水潸然。她的泪一行一行地落下来，落在地面上，落在那名字上。

过了很久，艾丽莎站起来，她提着袋子，将那些花都放在一个个的名字面前。每走过一个名字，她的脸色都异常凝重而悲伤。那一袋子的花放在林荫路两边的每一个名字边时，再看去，眼前就是一片花的世界了。在春日的阳光下，虽然熠熠生辉，却传递出一种妖艳的悲伤情绪。

我此时此刻，才想起来，这些花叫罂粟。

回来的路上，艾丽莎说，大卫·史密斯就是她的父亲，死于战争。那时候，她只有6个月大。母亲因受不了打击，在一个午夜将自己送进了滚滚的河水中。艾丽莎由姨妈抚养长大。成人后，她开始寻找父亲的消息，希望能有所收获。时光如一台机器，一直到今年，她才有了父亲的消息。

回头望去，罂粟花仿佛在唱着一首首苍凉与悲伤的歌，在阳光与绿树的衬托下，格外耀眼。

生死桥

那时，看不清天的阴晴。他只觉自己的身边围着很多人，哭着、喊着甚至是咆哮着，一片混乱。他记不清自己究竟在何处，想睁开双眼，但他感觉自己的身体软弱无力。

他就那样一动不动地躺在某个地方。

无阳光，亦不黑暗，他在某个地方坐了起来，身体轻飘飘的。那是他很多年来没有过的感觉了。这是怎么回事？自己的身体是几乎可以用庞大来形容的。每次体检时，医生一边看结果，一边都会在体检报告中划出一道道红杠，并且很严肃地提醒说：脂肪肝、高血糖、高血脂、高血压，您都占全了，要注意饮食和锻炼啊！提醒的次数多了，他似乎也感觉不到难为情，走路时，肚子盖住了双脚。他每天大腹便便地挪动在宽大的办公室中。饭局依旧一场接一场，美酒照样一杯复一杯。

他住在一个综合小区，普通高楼、一梯一户的电梯洋房、别墅。而别墅又分为独栋、双拼、联排、叠拼等类型，不同的户型与种类应有尽有，能够满足不同的阶层需求。他在这个小区有两套房子，一套180平方米的花园洋房，一梯一户且电梯直接入户。在别人看来，他每天从这里出入，事实上，自从妻子去加拿大陪读后，这里只是他名义上的家。他的另一套房子是这个社区的一套独栋别墅，地上三层地下两层，里边带游泳池与私家影院。内部富丽堂皇，墙可当镜，几米远就能映照出清晰的人影。他每天回到高楼之后，就会换一套便装，从电梯直到地下车库，然后出电梯再钻进自己的车。他将车一直开到自家别墅的地下车库，人不知鬼不觉地回家。第二天早上，他又会开车出地下车库到达高楼的地下车库回到那个表面的家中，然后再大摇大摆地从这里走出去。在别墅里，有美貌妙龄的女子日日相伴，他过着普通人难以想象的生活。

几年来，他小心翼翼地将自己的生活包裹得密不透风。

此时，他不知自己身在何处。他只觉得自己一直在飘荡。难道是小美人儿又在跟自己开玩笑？他浑身无力，觉得面前有很多水。他忍不住睁开眼睛，感觉自己在一条河的上空飘着，他使劲向下望，发现河水浑浊呈血黄色，阴森恐怖。河水中隐约可见各种可怕的动物，张着血盆大口，嘶叫之声与河水混合在一起，愈加令人胆战。河中间是一座桥，桥上有一个老婆婆，面前摆着一口冒着热气的大锅。

在这样的地方卖东西，谁能吃得下去呢？

他不由得感叹：穷人的生活！就在这样的时刻，他发现自己离那座桥近了，桥下，血红色的河水散发着令人作呕的气味，他差点吐出来。这时，有个身影出现在他的面前，颤悠悠地说："儿啊，你听不进我的劝告，才落到今天这样的下场。你……你……你真是个逆子！"

这声音是那样熟悉，他看到站在面前的竟然是自己的父亲。他一阵阵发抖，他说："爸，您怎么会在这里？您不是死了吗？您别吓我啊！"

6年前，父亲与他有过一场推心置腹的谈话。那时的父亲一个人从300公里以外的乡下来。父亲坐下后，没有喝一口水，就郑重地说："儿啊，爸知道你现在身居要职，身边什么样的人都有。一个人走路避免不了独木桥和羊肠小道，走独木桥谁敢保不会一脚踩空呢？那羊肠小道弯弯曲曲的，一不留神滚下山谷也说不定啊！儿啊，你可得看准了再迈步啊！"

那天，父亲说了很多话。在父亲来的前一天，他偶然在路上遇到了村里的同学。他当时正挽着一个女孩子的手走在街上。他做梦也没有想到会在那里遇到熟人。他的头脑有一瞬间的空白，他知道自己在父亲与村人心里的分量。他想躲已经来不及，慌忙地松开年轻女孩的手，但是那同学已经站在眼前了。

果然，父亲来了。

父亲的话在他心里泛起波澜。但他也只有那么一瞬间的闪念，他知道他已经停不下来。

他闻到了河水的血腥，那味道在他的身边挥之不去。父亲脸色悲凉，不住地摇头叹息，一闪身就飘走了。父亲的身影飘在血红色的河水上，孤魂野鬼一般。他的泪水忍不住流下来，他对着父亲的背影大声地哭喊："爸，爸啊，您等等我……"

父亲没有回头，他看到父亲在那条河的上空毫无目的地走着。

那次，父亲来找他之后的一个月，再次突然来到他的面前。父亲正好看到一个房地产公司老总跟他在一起。旁边，那沉甸甸的袋子将父亲的眼光磁铁一样吸引了过去。

父亲的脸色立刻"唰"地沉了下去。当只剩下他们父子两人时，父亲说："儿啊，看来，你根本听不进我的话。你变得已经不像我的儿子了。"

父亲不顾他的辩解与阻拦，气呼呼地走了。

不久他就接到父亲掉下桥摔伤的电话。父亲一直身体很好，从春到冬连感冒都难得有一次，怎么会掉到桥下去呢？他急匆匆地赶回家时，父亲已经走了。妹妹守在父亲的身边，只狠狠地对他说："是你害死了爸！"

自那以后，妹妹再也不肯跟他说话。

办完父亲的后事，他内心五味杂陈。耳边响起父亲的话，他觉得父亲不懂社会上的事。

看不到父亲的身影了，唯有血红色的河水汹涌翻滚，腥臭刺鼻。他脚不听使唤一般就到了桥上。那个老婆婆手里端着一个碗，碗里盛着热气腾腾的汤。

老婆婆脸色阴森："喝了孟婆汤，你就会忘记前世的一切，可投胎转世。"

孟婆汤？他终于想起来了：在检察院的人敲门时，他推开办公室的窗户，纵身一跃，身体如一座小山倾倒在地面上。

他，已经死了。

父亲的秋千

父亲第七次给小童发信息,让她回国的时候,她似乎感觉到了父亲信息里潜在的某种不祥的预兆,于是,她迫不及待地赶到机场,买最早的一班飞机回国。

家里青灯冷灶,空无一人。她手里握着钥匙,内心的酸楚、担心齐刷刷地涌来。父亲去哪里了呢?看看时间,才早上6:30,这正是以往父亲晨练打太极的时间,也许是去公园了。想到这里,她稍微有点安心,放下行李,换了一下衣服下楼去找父亲。

"小童,你回来了?你可回来了,不然,你爸爸可怎么办呢?那么好好的人,说倒下就倒下了。"

楼下的刘阿姨一看到她,就满脸同情地说出这句话。小童听到这话,差点没站稳。

"刘阿姨,您说什么?我爸倒下了?这是什么意思啊?"

"怎么,你还不知道吗?你爸中风了,正在中医院治疗呢!我看你这个点回来,还以为你来陪你爸爸了呢!你快去,快去吧,你爸爸身边连个人都没有。"刘阿姨说完上楼去了。小童望着她的背影,呆呆地发愣。

等她回过神来，又想起父亲微信里的留言，方才醒悟。她顾不上擦早已经滑落下来的泪水，奔到大街上，拦了出租车奔往医院。

一路上，她的头脑里都是父亲的身影。父亲与母亲在她3岁那年就离婚了，跟许多离婚家庭不同的是，母亲坚决不要孩子。因此，父亲一个人一边工作一边抚养她。她的记忆里没有母亲的位置，她成长的每一步，都是父亲陪着她，带着她，在前边牵着她的手。她学习一直不用父亲操心，从小学到中学，回回都是前三名。高三那年，她还拿到了澳洲蒙纳什大学的全额奖学金。父亲听到这个消息后，竟然激动得哭了。那是她第一次看见父亲在自己面前流泪。父亲说："你看我闺女多有本事，人家花钱都上不了的大学，我闺女竟然一分钱也不用花。"

那是小童记忆中父亲最高兴的日子。

一时间，满脑子的思绪，在她的眼前浮现。到了中医院，她跑到前台，查到父亲的病房，跌跌撞撞地冲了进去。父亲正一个人靠在病床上，眼睛呆呆地望着邻床的病友一家。那也是一个老人，一个年轻的女孩正在端着一碗热乎乎的馄饨，一口口地喂着老人。父亲望得出了神。

"爸，您病了怎么不直接告诉我呢？"

看到孤零零的父亲，小童的眼泪又忍不住流下来。父亲看着她，高兴得拉着她的手，孩子一般地说："小童，你可回来了,爸爸还以为见不到你了呢!"原来是父亲下楼时一不小心摔了一跤,哪知道不到几分钟的时间,他就感觉腿脚麻木、口齿不清。邻居们将他送进医院,很快就被确诊为轻度中风,幸好治疗及时。现在,医院正在辅助针灸等治疗。父亲说起话来,依然含糊不清,她要努力识别才能明白父亲的意思。

父亲说完又有些后悔地说:"其实,我也没啥大事儿,你看,你这一回来又耽误工作了。"

小童开始细心照料父亲,内心对父亲以后的生活焦虑不安。父亲只有她一个女儿,以后该怎么办呢?阳光灿烂的日子,她推着父亲到外边散步,一边走,一边聊天。父亲总是看着对面幼儿园那些荡秋千的孩子们说:"小时候,你就那样,天天喜欢荡秋千。还一直要我抱着你,我一走,你就哇哇大哭。可是爸爸那时忙,都没有好好陪你成长。每当想起你一个人坐在秋千上,哭得满脸是泪的情景,我就难过。"

一时间,满脑子的往昔,在她的眼前浮现。

小时候,他们住在一座老房子里,父亲在闲房的屋顶上吊了一个秋千,她总是喜欢在上边荡来荡去。有时候,她希望父亲能陪她一起玩,但是父亲白天要上班,晚上回来后还要做饭,她会为没有父亲的陪伴而哇哇大哭。爷爷奶奶都因意外离世,父亲只有已经出嫁的姑姑一个亲人。

姑姑的家在15公里以外，很难每天来照顾她。只有周末时或者寒暑假时，姑姑会接她去家里玩，也好让父亲好好休息。父亲天性乐观豁达，因此小童性格开朗。她在父亲与姑姑一家人的照顾下，成了一个特别阳光的姑娘。

病后的父亲变得很伤感，他时常不经意间落泪。有时候看到小童拿起包，父亲马上会问："你要走吗？"表情胆怯得像个孩子。她突然间意识到：那个从来不落泪的父亲；那个一生为了自己再也没有成家的父亲；那个事事将她挡在身后说"别怕，有爸爸呢"的父亲，已经不知不觉中被岁月催老了容颜，就连父亲一生的坚强，也似乎被消磨殆尽了。

父亲再也不是从前的父亲了！

经过20多天的治疗，父亲终于出院了。那天晚上，她安顿好父亲入睡，在客厅里走来走去地收拾第二天回程的东西。夜里一点多，她轻手轻脚地来到父亲的房间，将门推开一条缝，却发现台灯依然亮着，父亲一个人靠在床头，手里正在手机相册里一张张地翻动着照片，他时而落泪，时而发笑。

小童默默地退出来，回转身，早已满脸泪痕。

一夜辗转无眠。小童起来，打算给父亲做早餐，却发现父亲早已经做好了她喜欢的三鲜馅馄饨、凉拌豆腐丝等摆在餐桌上等着她。父亲的腿脚还是不利索，有些一瘸一拐地在厨房里忙碌着。小童望着热气腾腾的馄饨,眼前浮现出父亲从小到大一路抚养自己的身影,眼泪再也忍不住。

她说:"爸,我不想回澳洲了,咱们明天回老家去,希望您能陪我荡秋千!"

父亲背过身去,带着哭腔说:"好,好啊!"

黄昏落

经过小可的思想工作,父亲终于同意跟女儿去澳洲养老了,小可高兴得一蹦三尺高。第二天,她就带着父亲上了国际航班。

一路上,第一次坐飞机的父亲经常不知所措。比如,空姐将晚餐送到面前,问他要鸡肉饭还是牛肉饭时,他不知所措;比如上厕所,他对那窄小的门有点不知所措……小可只好耐着性子,一一地帮父亲解释、解决。之后,父亲总是有些不好意思地望望小可说:"真麻烦,不如我一个人在家自在。"

小可则安慰道:"爸,习惯就好了,您一个人在家,我得天天提心吊胆的。"

到澳洲后,小可将父亲安排在一楼光线最好的房间。

房间不大，但是一应俱全。窗外是绿油油的草地、伞一样的绿树与盛开着的玫瑰花。推开窗子，花香就会随风阵阵飘来。看到前后院的大片花草与树木，父亲高兴了好一阵子。小可对父亲说："爸，您今后就好好地在这里享受生活吧，这么多年您也辛苦。我妈不在了，您就是我在这个世界唯一的亲人了。"

说到这些，小可和父亲都有些感伤。母亲在小可毕业的前一年突发脑溢血，一句话也没来得及留下就走了。父母对晚年生活的打算，也随着母亲的离去成了云烟。远在南半球的小可，经常在半夜醒来想起孤单的父亲，总是泪满枕巾，辗转难眠。因此，她才千方百计地说服了父亲。

可是，高兴了没多长时间，小可发现父亲总是闷闷不乐，话也越来越少。小可问父亲："爸，您是不是哪里不舒服啊？"父亲总是摇摇头说："没，没事。"

小可每天下班回来，总看见父亲坐在院子里，或是门前的台阶上，或是草地上，眼睛看着某一处，呆呆发愣。等她走过去，父亲总是一愣的样子说："下班啦！"

"爸，您有什么心事吗？"

小可担心地问。

"没有，你看这蓝天白云，多好看啊！你看这么大的院子，全是树和草坪，真是浪费了。"

父亲的话有些答非所问。

有一天下班回来，小可惊讶地发现，父亲正拿着一把铁锹在院子里挖啊挖。她下了车走上前去，看到父亲已经将一大片草地挖平，旁边堆着一大堆草皮与泥土。被父亲挖过的地方，是一片土地，土也变得很平整光亮。父亲显然是忙活了有一阵子了，他脸上的汗水横七竖八地滴落着。但是父亲却显得异常兴奋，他甚至没有看到小可站在面前。

小可不知所措，这片草地是去年丈夫种上的，是上好的草籽，长出来的草坪干净、清亮，是那种容易打理的草坪，深得丈夫与自己的喜爱。可是她不明白父亲为什么把草坪给挖平了。

正在这时，丈夫也下班回来了，看到这情景，也是一愣，走过来问："爸，您挖草坪干吗啊？"

父亲这才抬头，看到他们，停下来很认真地说："这些天，我一直在看，你们家这么大的院子，种这么多草干吗？多浪费土地啊！于是我就想着把这片开发出来，种上一些大葱、土豆、西红柿、豆角，每样都种一些就够我们吃的了。超市里的西红柿多贵啊，一斤西红柿要二十块钱，哎哟，这跟抢劫一样……"

父亲说得很有兴致，这是父亲到澳洲后，小可第一次在父亲的脸上看到了满足，如此心甘情愿的满足。仿佛父亲已经看到了在这一片小小的土地上长出的各种蔬菜一样，充满着期待。

可是小可明显看到丈夫的脸上闪过了一丝不悦，他说："这里还是种草坪比较好，干净整齐！"

小可使劲地给丈夫使眼色。

父亲愣了一下，只是"哦"了一声。

沉默了几秒钟，父亲放下了铁锹，前后左右地看了一圈说："是啊，是啊，我是应该提前跟你们商量一下的，你看，这可咋办好呢？这可咋办好呢？"

父亲有些局促不安。

小可说："爸，我看这里种菜挺好的，您做得对。"

说完她转头，看着丈夫，使劲地给他使眼色。

父亲看着小可，脸上满是愧疚的神情，他说："爸给你们找麻烦了。这草挖了还能长出来吧？"

父亲说着，开始一片一片地拿起那一堆草坪，在地上比画着。小可看到夕阳照在父亲那双沾满了泥土与草屑的手上，已经看不出原本的颜色。

小可的心一沉，她想起父亲就是靠着这双手，送她一步步地走到今天的。父亲牵着她的手上学、放学；父亲又一次次地牵着她的手，将她送上汽车、火车，送上飞机。她的内心五味杂陈，她拉住父亲的手说："爸，您就把这里种上菜吧！刚才您一说，我就想起了小时候您种的那些西红柿，一咬满口甜丝丝的汁水，那个味道回味无穷。"

小可说完，眼泪却滴滴叭叭地落下来，落在衣服上，落在脚下的草地上。

　　此时，丈夫也走到父亲面前说："爸，您看我们这些年轻人就是不会过日子啊！经过您刚才这样一说，我也觉得这里种菜比草坪好。赶明儿我带您去买一些种子，您想种什么咱就种什么！从今往后，这里就是咱们家的菜篮子了，全靠您了。不过，爸，这回您可要辛苦了！"

　　父亲看着女儿女婿，一边"哎哎"地应着，一边泪流满面地握住了女儿女婿的手。夕阳照在父亲古铜色的脸上，照在父亲沾满泥土的手上，闪出一片金黄的光。

爱情零距离

　　28 岁那年，他放弃了美国的优厚条件，回国创业，成了这个城市里屈指可数的青年才俊。优越的条件和显赫的家世，使他成了许多女孩子梦中的金龟婿。他在那些如花的女孩子中间周旋了两年，加上事业蒸蒸日上，莺歌燕舞般的华丽生活，使他有些飘飘然。身边要跟他结婚的人不下一个加强排。为了与他在一起，她们甚至不惜以身相许。这使他如火的热情，渐渐地冷却，他开始怀疑：那些女孩子爱的是他，还是他的家世和地位？

与国外朋友一次无意间的联系，使他加错了一个MSN号，认识了一个女子。他习惯性用英语道歉，不想对方也用英语回一句：没关系。两个人就这样你一句我一句地聊了起来。他惊讶，她的英文竟然那么标准，但网络服务器明白地告诉他——她在上海。不知道为什么，这一次的聊天，他没遇到那些"你多大了？做什么工作啊？结婚了吗？在哪里"等等的套语，他问一句，她就答一句，哪怕是一个标点符号都不多。这倒引起了他的好奇，一心想要了解她。经过几天有一搭没一搭的聊天，他知道了一些关于她的基本情况：35岁，某化妆品公司的部门经理，有过一次失败的婚姻。

他看到那个MSN头像上是一张很青春可人的脸，光滑的皮肤，有些忧郁的迷人的小眼睛，长发如水。看上去，宛如遥远山涧的一潭瀑布，丝丝诉说着数不尽的忧伤。她下线后，他还长久地看着那头像，竟然有了心跳加速的感觉。

之后，他们每天都能在MSN上相遇。他总是莫名其妙地对她有种信任，把自己的快乐、烦恼连同摸不准的爱情，通通地打给她。她总是平和地听着，还偶尔给他一些意见。他当她是知己和朋友，她则每次都打出"呵呵"或者"谢谢你对我的信任"这样的语言，平静得令他时时有种时空交错之感。他依然经历着一次次爱情，她则似乎成了他爱情的见证者。她总是说：祝你好运。

他又恋爱了。这一次，他自信遇到了那种可以陪伴他一生的真爱。他说，那女孩子很单纯，对他的财产与身世一无所知，爱他爱得死去活来。于是，他不顾父母"再过段时间看看"的建议，紧锣密鼓地筹备起了婚礼。

她听后，给他的依然是祝福。沉浸在幸福里的他，感觉到被爱情拥抱的幸福，出来进去都唱着英语歌。婚后第一次出差，是上海，他想见她，她依然不见。他们保持着网络的友谊。他不停地与新婚的妻子通电话发信息，那种思念一览无余。事情顺利，他改了回程机票。为了给妻子一个惊喜，他没告诉她。深夜到家，他轻轻地打开房门，屋子里静悄悄的。也许是妻子的粗心，她的电脑居然开着，他想替她关掉，不想看到了妻子写在电脑上的日记。读完这日记，他差点没晕倒，原来，他自以为找到的是真爱，自以为找到的是一个只爱他本身的清纯女子，不想，这不过是妻子与自己公司一个男员工的一场可怕的阴谋，而那个员工是妻子的恋人。片刻后，他拷贝下了妻子的日记。打开 MSN，而她居然还在，他絮絮叨叨地讲述着他从天堂到地狱的伤痛。

办完离婚手续，他已是筋疲力尽，伤痕满身。她成了他唯一的倾诉对象。他将从没有过的绝望，如之前的每一次恋爱那样，和盘倒给她。她则一如从前，依然回应以平静如水的语言。他反复地说：我受伤了，我感觉活着已经没意义了，女人真可怕……像是醉了酒。

不想，第二天，她就从上海赶到他的城市。他没想到她竟然是如此美丽，这般惊人，全身上下焕发着任何一个男人都抵挡不住的女性魅力。不是小女孩的纯真，却有单纯如水的宁静；不是这个年龄女子的世故，却是高雅与成熟的光芒四射。那些日子，她陪着他疗爱情的伤。她依然平静如水，鼓励他要坚强。他们一起做饭，一起在古街散步，一起看画展，一起用英语讨论问题。那段时间，他深刻地感受到了最真诚的快乐，发自灵魂深处的踏实和温暖。

他这才明白，其实他们一直都在彼此的心里。与以往不同的是，他们这场爱情没有华丽的登场，却留下了丝路花语一般的诗情画意与时刻缠绕的幸福。原来，爱情本就不是一场时装秀，华丽与时髦的外表不过是外在的形式罢了。这心与心之间的零距离，才是这世间最为可贵的爱情的至高境界。

晚　景

黄昏的最后一抹余晖在天边消失时，她终于把在游乐场里玩得昏天暗地的孙子拉回来，牵着他的手，走在橙黄的路灯下。那座被称作家的房子越来越近了,她的心却越发沉重。

早晨,儿媳妇的那句话,像针一般扎在她的心里。儿媳妇手里拿着一张试纸跑到她的面前,笑容满面地说:妈,您看,您看,我怀孕了,这次争取给您生个孙女啊!不过,您要回国的计划就得推迟,您得继续在这里帮我带孩子。

后来,儿媳妇又说了很多话,她似乎一句也没有听进去。儿子与儿媳妇的欢乐没能激起她的任何兴趣,她觉得自己仿佛掉进了冰窖里,彻骨的凉气一寸一寸地渗透到她全身。她的头脑里像是在演着一部自己的纪录片,将她人生的一个个片段串联起来,此时此刻一片一段地展示给她看。她被缠绕其中,直到她憋闷而呼吸困难。

早餐后,儿子与儿媳妇急匆匆地上班了,临走前,儿媳妇一边关门一边说:妈,来不及收拾了,你把碗放在洗碗机里,再收拾一下厨房。

说完,也不等她回答,院子里很快就传出汽车启动的声音。窗外,微风吹打着落叶,在院子里的花草之间飘荡。她觉得那些随处飘落的叶子,跟此刻自己的心情是何等的相似啊!她一边收拾厨房,一边跟远在北京的丈夫视频。手机屏幕上,丈夫正慵懒地坐在餐桌前,手里拿着一个馒头啃来啃去,一边说:终于快了,你再有一个多月就回来了吧?你不知道,我做梦都盼着你回来呢!我这几天已经开始查看机票了,等你回来歇几天后,咱们就去云南。我们为儿子活了大半辈子,也该有我们自己的生活了⋯⋯

听到丈夫说这些,她停下手里的碗筷,望着视频里丈夫那张已经明显苍老与瘦削了的脸,到嘴边的话,又被她狠狠地咽了回去。

你怎么看起来怪怪的,有心事?

丈夫素来心思缜密,望着她,关心地问。

嗯,恐怕我们的计划又要搁浅了。

怎么了?不都商量好了吗?儿子读完大学不回来了,难道你也在那可以天天看见蓝天白云的地方待出感情了?合着这个家就我一人死扛死守着,都没有人回来了?

每次谈论到回国的问题,丈夫都很激动。丈夫患有严重的高血压,为了不刺激他,她都是默默地承受而不愿意跟他争执。他天天盼望着自己能早点回国,开启他们一辈子都在计划的退休之后的生活。为了照顾儿子与儿媳妇的生活,她不得不提前办理了退休手续。那时候,她本不想提前退休的,可是儿子一天十个八个电话地催:你儿媳妇怀孕了,先兆流产,难道你就不担心?我到底是不是你亲生的儿子啊?人家的父母都来了,你怎么一点都不关心我?

儿子的话,句句像刺,根根刺进皮肉里,扎得她撕心裂肺地疼。无奈之下,她以最快的速度办理了退休手续,十多个小时之后飞机就将她带到了南半球。从那一天开始,她洗衣做饭,伺候儿子媳妇的生活。原本说好了,等孩子出生满月之后,她就回国。可是,每次到了约定的日期,她都走不了,儿子叽叽歪歪地摔东西,儿媳妇软硬兼施,她不得不留下来。

这一晃,孙子3岁了。离他们最后约定必须回国的日期越来越近了,她觉得自己正在被人从死缓的状态中拉回来,她看到了曙光,头脑里都是自己回国后与丈夫的快乐生活。

她吞吞吐吐地把儿媳妇的话说了一遍。视频那边,除了一声悠长的叹息外,就是二人长久的沉默。不知过了多久,丈夫带有几分抱怨地说:你就不能管管我?你这样下去什么时候是个头啊?难道我们就一点自我都不要了吗?

说完这句话,视频"啪"一下就中断了。她想,丈夫一定是生气了。她想,还是等晚上再跟丈夫好好地沟通吧!

奶奶,到家了。

她心不在焉地应着。进门后,家里却是死一般的沉寂。儿子与儿媳妇正坐在客厅里,望着她,谁也不说一句话。

她似乎意识到了什么,问:怎么,你们是不是同意我回国了?你爸爸今天早上还跟我说,他正看机票呢,他等我回国等得头发都白了。

儿子站起来,来到她的身边说:妈,我爸,我爸他出事了!

出什么事了?

她的心一紧,望着儿子的脸。

爸爸突然脑溢血走了!

儿子的话如晴天霹雳,一下将她打得晕头转向。她眼前一黑,倒在地上。

醒来时,发现儿子与儿媳都在眼前。在儿子的安排下,他们很快来到了机场,她机械地跟着儿子办理登机手续、过安检,跌跌撞撞地上了飞机。

当她在太平间里见到丈夫时,才"哇"的一声哭了。此时此刻,她五味杂陈,悔恨、内疚、埋怨等种种思绪,将她的心再次揪得七零八落。

办完丈夫的丧事,她依然坐在墓前,望着墓碑上丈夫生前最喜欢的照片,她用手轻轻地抚摸了无数次。泪水打在冰凉的墓碑上,一滴滴落在地上,她的心也跟着一下一下地撞到了地面上。

妈,人死不能复生,既然爸爸走了,你在国内也没有什么意义了。我们还得活我们的,你还是跟我回去吧,家里离不开你。

儿子的话,再一次从身后响起。

她心一阵寒凉,这股凉气迅速地渗透全身。她慢慢地转身，将目光对准儿子的眼睛。突然，她伸出了右手，用尽平生的力气，将一个巴掌响亮亮地甩在儿子的脸上。

留下还在发愣的儿子，她带着被两条溪水浸染的脸，脚步蹒跚地走出墓园。

最后的赢家

那一年，19岁的小倩认识了29岁的武露露。她们同是一次征文比赛上的二等奖获得者。小倩长得圆脸大眼，乌黑长发如瀑落肩，符合中国传统美人的标准。武露露则刚刚相反，小眼睛，小鼻子，小脸，短发，跟男人说话总是特意地先低头，特意地装出一副娇滴滴的模样来。声音也随之变得格外温柔，像是要把人融化似的。那时候的小倩觉得武露露很矫情，很能装，一点不真实，有点看不上她。而武露露则从内心里嫉妒这个比自己小10岁的才女加美女。因此，小倩与武露露的关系从一开始就有些微妙。

谁知道，这种微妙的关系一直持续了多年。因为她们居然来自同一个地区。

从那以后，武露露时常约小倩见面聊聊文学，也会时常很八卦地问问小倩的私生活。尽管每一次小倩都不想见她，但就是无法拒绝她。武露露总会在电话里这样说："小倩妹妹啊，咱们抽时间见见面吧，姐姐想你了。别看姐姐比你大 10 岁，可姐姐的心还跟 18 岁的小姑娘一样呢！因此，从心理上来讲，咱们还是同龄人，又都是文学爱好者，应该多交流啊！"

拒绝不了自然就得时不时地跟武露露见面。

小倩虽然年轻，但是心气可不一般，读过的书比别人多几倍，对中国古典文学也颇有研究。这样的一个女孩很自然就多了几分清高。她谁也不刻意地去联系，谁也不刻意地去靠近，更不会去巴结谁。她对写作也抱着这样很自然的状态，有灵感了就写。而武露露则跟小倩完全不同，她像是一只被人催着赶着走的羊，一步也停不下来。可是，武露露的文字写作水平处于一个非常尴尬的位置，就是放眼望去，眼前一大片，跟人分不出高低上下。拿出一篇作品，你也无法认出是她的文字。可是，就是这样的武露露，一年到头发的文章却比小倩要多得多。

在这一点上，武露露在小倩面前就产生了自我的优越感。每当她在报刊上发表一篇作品，她就要去跟小倩见面。然后就会有几分炫耀地说："小倩啊，你看看姐姐今年有进步吧？刚刚在某某报刊上发表了一篇散文，两千多字呢！"她特意将"两千"这个数字的语气加重，来强调她文章的重要性。小倩就淡淡地笑，淡淡地说："祝贺你！"

"不是我说你，你也得努力啊！你看看，我们两个都是当时二等奖的获得者，自从那次以后，我都出了两本书了，也没有见你写过什么文。这样下去不行啊，你的文字那么美，怎么就发表不了呢！"

武露露故意很惋惜地说。

她脸上表现出来的同情令小倩很不爽。她依然漫不经心地说："我的文字有没有发表又能怎么样呢？姐姐不用操心，也不用担心。"

武露露碰了一鼻子灰，她就说："过几天我约几个编辑一起聊聊，我请客，介绍他们跟你认识一下，以后好发稿。"

小倩也没往心里去，没有想到过几天武露露还真的约了一大帮子人，在仙客来的一个包间里请客了。小倩再三推脱，最后还是不得不来参加。她到的时候，武露露正在一手拿着酒杯，一手夹着一根雪茄，跟一大帮男人喝酒猜拳。小倩有点不知所措地坐在武露露给她留的座位上，两边是两个中年男人。一个留着络腮胡子，一个是小白脸，两人都把眼光落在了小倩的脸上，小倩极为不舒服地低下头。她看到武露露伶俐又声音异常温柔地说："各位大编辑们，这是我妹妹小倩，以后你们可要多照顾啊！"小倩低头，忽然看到武露露的一只脚在桌子下轻轻地碰到一个老男人的腿上。

小倩觉得一阵恶心，不忍再看，收回了目光。

饭桌上一片热闹，武露露的胸若隐若现地在一群男人的目光中闪来闪去。武露露口中的话像是在空中的某个地方飘出来的一样，陌生而模糊。小倩想：我干吗来呢，在这里坐上一分钟，都觉得恶心。

但是武露露依然游刃有余地周旋。小倩起身，不顾所有人的目光和武露露的喊声，逃跑一样出了仙客来。

站在大街上，她长长地出了一口气。

时间流淌，一晃又过去了几年，小倩已经30岁，武露露40岁。小倩文还是有一搭没一搭地写着，经过10年的时间，她写的三本都市家庭情感三部曲也一波三折，最后终于由北京的一家大型出版社看上并且顺利出版。出版后不久，就被影视中心买下了版权，小倩一下成了全省最年轻的知名作家。

周六路过市中心的大排档，她看到武露露依然与一群男人坐着抽烟、喝酒、说话，当她看到小倩的时候，扭过头，再也没有了往日的热情。

等我回来

她和男人来自一个偏远的小山村,家乡常年干旱少雨,庄稼颗粒无收是家常便饭。于是,村里的青壮年劳动力都朝四面八方散了去,在外面找点营生。她和他新婚不久,他就跟着村里人到了煤矿。她在村里提心吊胆地过日子,夜晚对男人的思念那么强烈地在心头萦绕。担心与思念并存的生活,日子蚕丝一样漫长。一次,听说煤矿发生了事故,村里有一个人在事故中丧生。虽然知道男人安然无恙,担心与害怕还是占据了她全部的心房。于是,她连夜跑到了男人所在的煤矿,再不想离开男人。

煤矿为了照顾他们,分给他们一间10平方米的宿舍当住房,两人在这里安下了家。男人每天上班,女人就在家里为他洗衣做饭,也时常在附近找点零工做,过着虽然清贫却充实与幸福的生活。

有了女人的陪伴,男人铜色的脸上时常荡漾着满足的表情与幸福的笑容。

每天早上,她早早地起来为他做好可口的早点,摆放到桌上。然后,她就看看表,很不忍地、轻轻地叫醒还在熟睡的男人起床。她坐在旁边看着他把饭吃完,脸上同样洋溢着幸福和满足。

男人吃完了早饭就打点着准备上工了。她总要放下手里的活儿，走上前去，检查着他是否带齐了工具，等一件一件都确认无误的时候，就乖乖地跟在后面，一边送丈夫出门，一边嘱咐那些每天都重复的话语。最后，丈夫的身影快要在门口消失了，她依然说那句：早点回来！

等我回来！

男人回答。

这是男人每天早上离开妻子前的最后一句话。妻子听到这句话，就似乎得到了天大的满足与承诺，脸上甜甜地笑着。然后就一门心思等待着丈夫熟悉的身影走回家。

她一天不差地做着这样的事，风雨无阻，寒暑不变。

那天，她照样像平常一样把丈夫送出了门。然而，到了该回家的时间，她却没有像往常一样看到丈夫回归的身影。她等，一直等，却终究也等不来丈夫的声音。后来，她听说矿里出现了塌方事故，她就跑到矿上看。那时候，矿上已经挖出了七八个人，都丧了命。人们寻找了好几天，却一直也没人知道男人的下落。别人都劝她说，别找了，都过了几天了，即使找到又能怎么样呢？

她不信，她不信丈夫就这样离开她。于是，她和救援人员一起在矿上倒塌的地方寻找。她的心中始终有这样的念头：他说过让我等他回来的，他一定能够回来，一定会回来的。于是,她就用自己的双手使劲地挖,她的手上流出了血,可是她还是很执着地挖着。最后,所有人都放弃了寻找,认为已经没有丝毫生存的希望了。只有她,依然怀着希望拼命地寻找。人们都以为她是想丈夫想得神经出了什么问题。那已经是第十天了,就在这个人人都感到没有任何希望的时候,奇迹出现了:她发现了她的丈夫,竟然还有依稀的鼻息。人们把他送进了医院。经过全力抢救,他睁开了眼睛。

这简直都让人觉得自己是在做梦,就问他的妻子。她说:我相信他没有死,他说要我等他回来的。他在等我。

问其丈夫,他看着妻子说:她在等着我。我知道她在等着我,我得回到她的身边。

妻子的秘密

李刚觉得妻子最近变了,变得神神秘秘的,总是慌慌张张,像是有事情瞒着他。因此,他今天比平时早一个小时离开办公室,车也开得飞快,他想解开妻子的秘密。

当他把车开进车库的时候,才发现妻子的车不在,这就意味着妻子又出去了。家里和平时一样干净整洁,高大的花瓶里散发着白玫瑰的芳香。他站在门口，似乎努力地想从家里的细微变化中找出点不同寻常的地方。

他与妻子的6年婚姻，走得磕磕绊绊。他比妻子整整大了15岁，这个年龄差使得他时刻有一种相形见绌的自卑心理。自己有过一次婚史，又带着两个儿子，这样的条件放在一般的姑娘身上，早都吓跑了。但是，在他的追求下，妻子最后被感动了，慢慢地接受了他。婚后，因为孩子的问题，他们的婚姻生活似乎从来没有消停过。两个儿子对妻子一直都抱着抵触的态度，在他面前，还多少有些顾虑，如果他不在家，就可以想象这两个男孩是如何对待妻子这个后妈的了。

平心而论，妻子是个合格的后妈。他公司的业务繁忙，时常在国内与澳洲之间奔波，根本顾不上家里的事。妻子总是将家里家外打扫得干净整洁，她本不是个擅长家务与园艺的女子，但是这些年经过不断地学习，她却将家打理得温馨舒适。

昨天秘书说，他在咖啡厅见到妻子和一个年轻的男人在一起。他当时不相信，但他一想到这些天来妻子的反常举动，心里就"咯噔"一下。秘书转身走后，他甚至感觉出了他嘲笑的眼神。他已经50岁了，妻子才刚刚35岁出头，正是一个女人最好的年华。他想，会不会妻子已经爱上了别人呢？是不是妻子已经厌烦了这样的婚姻生活，尤其是两个儿子对她的无视与不敬而要离开了呢？他心乱如麻。

想到秘书的话，想到他提过的那个咖啡厅的名字，他似乎有印象，于是又转身出门，直奔那个购物中心角落里的咖啡厅。

不知道为什么，他有一种感觉：秘密就要揭开了。他的心狂跳起来。如果妻子真的出轨了，真的有了别的男人，他该怎么办？是装作没看见转身走开，还是上去严厉地质问呢？这个想法一闪出，他就恨不得给自己两个嘴巴，心里有个声音说：你这是什么鬼主意？就算你再爱她，再宠她，也无法容忍她给你戴上绿帽子啊！要知道，之所以有第一次婚姻的解体，就是因为他时常出差被前妻戴了绿帽子。那次晚上回来，被他捉奸在床。那时，他的自信和自尊都受到了严重的打击。他没有办法跟一个给他戴了绿帽子的女人继续生活下去。于是，他火速地离了婚，并且以他的经济实力和条件得到了两个儿子的抚养权。难道，他还要再经历一次这样的伤害吗？

他不能再想下去了。

他三步并作两步地穿过一家家店铺，风风火火地来到了咖啡厅的门前。

他站在门口，向咖啡厅里张望。这个点显然还有些早，客人还不是很多，他进门后只那么一扫，就看到了在那高大靠背沙发里的妻子。她正在面对自己这边坐着，断断续续地听见一首轻音乐。他稳稳神，先是四下张望，他看不到都有什么人。他将墨镜扶了扶，帽子压了又压，悄悄地走到了妻子后边那一排的座位上坐下来，安静地听着。

他居然听到了儿子的声音，他惊讶地张大了嘴巴。

妻子说："我知道你们两个一直对我怀有敌意，可是你们要明白的是，我是在你爸爸妈妈离婚后才和你爸爸认识的，是你爸爸先追的我，我不是第三者。你们恨我，甚至讨厌我，我都可以理解，但是你爸爸一个人为了咱们这个家，不容易。他每天这样辛苦，又经常国内澳洲两头跑，我拜托你们让他省点心吧！"

他愣愣地听着。

"这件事，我不会告诉你爸爸，但是你知道毒品是多可怕的东西吗？你怎么能碰这东西啊！你必须戒掉，必须去强制戒掉。你也许不知道，当年我爷爷就深深地受毒品的害啊！好好的一个家都被他毁了不说，自己也早早地丧命，那时我爸爸还不到2岁。你不能碰这个啊，不然你的一辈子就毁了，现在还来得及……"

依然是妻子的话，她似乎说不下去了，传出了低低的抽噎声。

他蓦然地呆坐在那里，脑子被抽光了一般，起身悄悄地走出了咖啡厅。

两次拥抱

可意将辞职信放到经理的面前时,终于长出了一口气。

她已经顾不得外面的议论与夹杂在惊讶与猜疑中的混乱场面了,此时,她的头脑里只有一个念头:到澳大利亚去!

可意把办公室里那些属于自己的东西收拾到一个大袋子里,跟同事们简单地说了再见、要经常联系之类的套话之后,闪身进了电梯里。外边,是冬日里灰暗的天空,忙碌的人流,在高空中看上去就像是一群移动的小蚂蚁。可意想,在这个公司工作了6年了,每天上下电梯,都像是在打仗,与一大群忙着上班和下班的人相片样挤在一起,今天还是第一次这么仔细地看看电梯外的天空。望着电梯外辽阔的天空,可意那颗被压抑了很久的心,居然像一朵春天的花一般迅速地绽放了。

就在可意将一个大袋子扔到她的车的后备厢时,路新林走了过来。

路新林看着她:"就这么辞了?"

可意漫不经心:"辞了。"

路新林:"你真要去澳大利亚?"

可意:"去。"

路新林:"你有没有想过,他可能结婚了或者有了别人……"

可意打断了他的话:"好了,改日再联系吧,我得走了。"说着,她也不等他回答,上车,开了出去。

可意的车行驶在繁忙的大街上。此时,他在干什么?他会不会和我一样,开着车在一条繁忙的大街上?他会不会想起我?会不会想起那个冬天的诺言……可意的心里装满了许多个会不会,但是她不知道答案,那些都是永远没有答案的问题。

他离开的时候,也是这样一个冬天。那时,他胸怀壮志,对未来,对那个他向往的南方大陆充满着火一样的热情。他说:"等着看吧,不出几年,我就会成为一个完全不一样的我,等我混出个人样来后,立刻就会回来接你的!"

他信誓旦旦,踌躇满志地准备着飞往澳大利亚的征程。离别的日子渐渐拉近,她和他还是如同以前一样,下了班牵手走在这个城市的大街小巷,看日落,用青春年少的眼光欣赏都市的繁华或者落寞。但那时的落寞渐渐地演变成了她心灵的落寞。从此一别,他们,还会不会有这样携手默默地走着的时刻呢?

他似乎根本没感觉出她的落寞,只是滔滔不绝地讲述着他的远大抱负。那时的她,有着年轻的过分自信,自觉天下美女如云，但他只爱我一人。她送他到机场，眼看着他要走，才觉得这一去不知何时才能相见，伤感涌来，她泪如雨下。而他呢，却显得有点不耐烦起来，他望着人来人往的机场，轻松地说："好了，你回去吧，我会每天跟你联系的。"说完，他将她揽进怀去，潇洒得如同只是一次小别，三五天就能回来一样。

她曾经多少次希望那个拥抱能持续到永远。

他一走，就是一个老套的故事的开始与结束。开始，他时常联系她，后来就慢慢地少了，淡了。她问他："忙吗？"他说："嗯，很忙。"要在异国他乡打拼生活，不是一件容易的事。他一次次重复着相同的话之后，她似乎听出了他声音中的疲惫与倦怠。她的心开始隐隐不安，她每日每夜地思念着与他携手的日子，舍不得从年少时光里就开始与他一起度过的光阴。周末的时候，走在曾经的大街小巷里，看着熟悉的日出日落，似乎欢乐的时光已经随风而去。或者，是他将那刻骨的欢乐带到了南半球。她的心变得躁动不安。

也偶尔从过去同学那里听到关于他的消息，说他过得不错。究竟不错到什么程度，却无人知晓。他之前经常说的，等我打拼出一片天空后，我会给你办过来，那时候我们就结婚生子过幸福人生。她听到这样的话，虽然还是浮躁不安，但充满了希望。秋天的清晨里，她对着电脑那边的他，忧伤地说：你还会接我去吗？

他似乎有点迟疑，但还是信誓旦旦地说：当然，时机一成熟，我就会来接你。她看着窗外的太阳，带着秋天里特别的明朗，而她的心里已经不那么明朗了。

日子如同流水，周围的人除了路新林之外，都一个个地结婚了，就开始有人劝，劝她早点为自己打算。她总是笑笑，无言。路新林也总是说：再不急，你就加入剩女的行列了，口气有几分调侃。可意表面不紧不慢地答：中国剩女那么多，多我一个也无妨的。说得似乎轻松随意，但可意的内心却是翻腾的，如一江春水，内心却不断地膨胀着。日子如同流云，她还如何能等下去呢？

她跑前忙后地办着去澳洲的手续，反对的声音一片，也包括路新林。但他没有像其他人一样，只是默默地帮着她，说：你去一下也好，根本不用辞职，你还是给自己留一条后路呵！他这样说时，手里整理着她的书，表情有那么一丝忧伤。可意此时才注意，路新林这样默默地关注着她，似乎不是一两天了。他不会滔滔不绝，但她发现每次她需要的时候，他都会在她身边。她心里一热，说："别担心，我会好的。"

她内心里还是对那个南半球的他，充满了希望。办完所有的手续，登机前的那一刻，她给他打电话，他显然是吃惊不小，然后说："为什么不事先告诉我？为什么你这样固执！"没有惊喜，却满是责备。她愣愣地站在机场的大厅里，眼泪不争气地流了下来。

路新林显然已经明白了电话的内容，他似乎一点也不觉得意外。他默默地看着她，为她拭去泪痕，第一次将她拥进怀里，说："我想请你留下来，不知道你……"

可意抬起头，只是流着泪看着他，想挣脱，但又似乎缺少离开这怀抱的勇气。他则一改往日默默而沉稳的态度，拉着她走出了机场。在被他按进车的时刻，他对着她的眼睛，轻轻地说："回家吧，家比任何地方都温暖！"

她的心里又是一热，点着头："回家。"

玉手镯

事情坏就坏在小可不小心将大勇送的玉手镯掉在厨房的地上摔成了两截。小可望着地上陪伴着她一年的玉手镯，眼泪就掉了下来。

小可很喜欢玉，玉手镯、玉戒指、玉项链、玉耳坠，等等，凡是与玉有关的，她都喜欢，几乎到了痴迷的程度。从去年开始，她喜欢上了一款手镯，老坑冰种翡翠，那绿色，一看就是晶莹剔透的，看到了就再也忘不掉了。她日夜都想着能有这样一只手镯戴在手腕上。可是，凭她刚刚毕业参加工作的微薄收入要想买这样的手镯，简直跟做梦一样。

就在这个时候，她认识了大勇。大勇是一个很会讨女孩子欢心的男孩，在墨尔本东区经营着一家有一定规模的华人超市，人来人往，生意看起来不错。关键是大勇人很帅，对于小可这个时常以貌取人的人来说，心动的程度又拔高了一截。

当小可第三次走进大勇的超市时，他们很自然地成了朋友一样的熟人，自然地打着招呼，不咸不淡地聊着昨晚上的足球比赛和今天的好天气。

"你的吊坠很漂亮，跟你的气质很相配！我喜欢对玉情有独钟的女孩。这个吊坠是羊脂玉吧？"

大勇的一番话很让小可受用，她问："你好像对玉很有研究啊！"

"研究倒是不敢说，但是很喜欢是真的。没事的时候就看看与玉有关的知识，多少学习了一点。"

就这样，两个人越说越投机，一来二去就很自然地成了男女朋友。

当然，小可还是念念不忘那个老坑冰种玉手镯，但是不菲的价格令人心颤。

就是这样令人心颤价格的玉手镯有一天却被大勇戴到

了她的手上。

那一次，大勇从国内回来，郑重其事地把一个精美的首饰盒递给她，示意她打开看看。

哇，是手镯！

"这，这个是给我的吗？这跟我看到的那只简直是一样的，老坑冰种吗？天啊，太美了！太漂亮了！"

小可惊呼着，小心翼翼地拿出来戴在手上，高兴得左看右看，好像世界因为这个玉镯完全改变了。她居然找出了一套夏天的裙子穿上，这样就露出了那个绿得耀眼的玉镯。她站在镜子前，把手一会儿抬高到胸前，一会儿又举到半空中，转来转去地看起来没完没了。大勇就一直在旁边看着，偶尔也附和几句。

"好看吗？好看吗？哎呀，你是怎么知道我的尺寸的，刚刚好？"

小可沉浸在老坑冰种手镯给她带来的惊喜中。

"这个老坑冰种的手镯价格不菲啊，你怎么舍得？"

在折腾了一番后，小可终于安静了下来。她走到大勇的身边，认真地看着他的眼睛问。

大勇抬起头，看着她，有些不在乎地回答说："什么价格菲不菲的，只要你喜欢就行了。"

小可听后依偎在他的怀里，陷入了前所未有的幸福当中。

于是，这玉镯就这样一直戴在她的手上，可是今天晚上在她收拾厨房的时候，因为觉得碍事，她就摘了下来，一下没拿住，掉在了冰冷的瓷砖上，清脆的响声打断了屋子的宁静。她反应过来，捡起地上的玉镯，心疼得眼泪都掉下来了。

大勇还没有从超市回来，她赶紧收拾了残局，将那只老坑冰种的手镯包起来，放在了手提包的隐秘处。小可想，再有一个月她和大勇就要结婚了，明天他们就要飞回国去筹备婚礼，双方的家长早已经在国内紧锣密鼓地忙碌着。在这个节骨眼上，她摔断了手镯，是不是有点晦气呢？想到这儿，她有些心慌意乱。

经过12个小时的飞行，小可和大勇终于回到了祖国的土地上。小可的楼下，就是一家老字号的玉器行，以前她上学放学经过，都会在有空的时候进去看看。玉器行的老板郝爷爷是父亲的棋友，因此小可到玉器行看来看去也很方便。

一看到玉器行，小可想起郝爷爷来，毫不犹豫地走了进去。

郝爷爷似乎一点也没有变化，看到小可很亲热地起来打招呼，哈哈地笑着说："连我们的小可都要结婚了，郝爷爷再不老就有点不像话了。"

小可赶紧拿出那只断了的玉手镯递给郝爷爷说："郝爷

爷,您帮我看看,给这只玉镯估个价,我的意思是假如这个是完好无损的价格。"

郝爷爷接过玉镯,先是上下左右地看了一通,然后放在灯光下照,照完了又用放大镜看了一通。看完了,郝爷爷将玉镯放到柜台上,摇头说:"这个啊,不值钱,硫酸水泡一个月出来的,是垃圾也就罢了,还害人啊,不知道害了多少人……"

小可一听,身体顿时瘫软下去。

她与他的城

太阳的最后一圈红晕也在头顶上褪去了,她准备做最后一次努力,将事情弄清楚。是啊,这事情无论跟谁说,都是一件有失颜面的事儿:她,竟然被同一个男人悔婚两次,那残存在心的爱恋与深情都演变成了挥之不去的屈辱。

回到家,在停车的刹那,似乎有个身影一闪而过,等她回头张望时,却什么也没有看到。已经有过几次了,母亲说她是受了刺激,精神恍惚了。可是她觉得像是有人专门躲着她,而她永远也看不到。

母亲已经做好了饭,等她归来。

母亲是她在异国他乡唯一的亲人，11年的时光与母亲相依为命，她时常想若不是为了母亲，早就撑不下去了吧！这时，她感觉窗外的某个角落里，又隐隐地闪现了一个身影。她心神恍惚地坐在母亲的对面。

"快吃吧！"

"嗯。"

"不要想了，三条腿的蛤蟆不好找，两条腿的人多的是，你干吗要在一棵树上吊死呢！一个女孩子不要这样没出息。"

母亲的话不是没有道理，她原本就不同意自己跟他复合的。

回到房间里，她打开抽屉，一次次地翻看着曾经带给她无数欢乐，也是无数痛苦回忆的戒指、卡片和照片。手指触到的每一件东西，内心都觉得无比沉重而又不解。她无法相信8年的时光就这样完了。可是，在这8年里，她得到了什么？

与他是初恋，有过一切恋爱的美好记忆，却同样有过别人没有的痛苦回忆。第一次，他们订婚了，当他把订婚的戒指，当着众多亲朋好友的面戴到她纤细的手指上时，她激动得哭了。他说："愿与你携手，走过一生的美好。"

婚礼的程序已经热闹地拉开了帷幕，连在国内的亲朋好友都争先恐后地开始忙碌着办签证订机票。就在他们万事俱备的时刻，他却突然消失了，无论她如何地努力寻找，都找不到一点蛛丝马迹。她找遍了他们平时一起去过的每一个地方,打听了他在澳大利亚与国内的亲人、好友、同事,就是没有他半点的消息。他就像瞬间从这个世界蒸发了,消失得无影无踪。

她精神几乎崩溃,尤其当别人无意间问她为什么取消了婚礼时,她不知道该如何回答和面对。她只能慢慢地在寻找他的过程中疗伤。

两年后,她渐渐地在伤痛的深渊中走出来,母亲一路陪着她,她的生活渐渐地恢复如常。在母亲与亲朋的劝说下,她甚至想也许可以试着去重新接触一下别人,开始新生活。虽然她明白,他依然在她的心里。

但是,生活似乎总在捉弄她,就在这时,他再次出现。

他对她一往情深,她可以从他的眼里看出曾经拥有的爱与疼惜。可是无论她问什么,他都回答,自己只是这两年遇到了意外,但爱她的心从来没有变过。他对她道歉,谈到因为消失而给她带来的伤害,他哭了。

她在那张熟悉而消瘦的面孔上,看到了他真实的心疼。

他们又顺理成章地走到了一起,尽管所有的人都认为她疯了。连她自己也觉得难以理解。可是,她控制不住。

婚期就这样再次被推上了日程,她跟着他奔东奔西地筹备着,她时常走得飞快,回头说:"你快点啊!"她发现他现在走路很慢,从前总是她追着他说:"你等等我,慢点,我跟不上了。"现在，总是他在后边喊着说："你慢点……"

她被失而复得的幸福冲昏了头脑。

可是，一天下班回家，她在信箱里看到了他的信。这年代，信件已经在国内没有市场了，可是，澳洲，还会有各种各样的信函、账单等出现在信箱里。

他说："永远不要等我了，祝你幸福！"

这一次，她只是呆呆地站了一会儿。脑海里瞬间是空白的，闪现出他重新出现后的种种表现，却依然相信他是爱她的。

婚礼再次被搁浅了，她被同一个男人抛弃了两次。

光阴在疼痛里成长，疼痛在光阴里蔓延。她感觉到她的心被他掏空了，她渐渐地变成了一副躯壳，失去了生命的光彩。母亲陪着她，千方百计地陪着她，似乎都不再起任何作用。她不明白，为什么一个人可以骗她两次？

不知道是感觉还是幻影，她觉得他一直在她看不见的地方跟着她。

日子悠悠晃晃，她越来越要靠安眠药进入睡眠。

她的身后，总是有一个年老的妇人，推着轮椅，轮椅上的他，面容憔悴，那双眼望着她瘦削的身影，又长久地盯着脚下，一双空荡荡的裤管，在风中摇曳。

大树与菟丝花

郭丝丝第一次遇到大树的时候，正是菟丝花开满田间地头的时节。一朵一朵的菟丝花顺着手指粗的小树、沿着村人的篱笆墙、缠着地里的大豆高粱，一路攀缘而上。勤劳的农人很讨厌菟丝花，被这花缠绕过的高粱大豆就遭殃了，总也无法根除。因此，当大树见到郭丝丝时说："你怎么叫郭丝丝呢？还不如直接叫菟丝花，属于我的菟丝花。"

大树说得有点嬉皮笑脸，咧着大嘴，一副死猪不怕开水烫的样子。

夏风吹了一下，小树上的一朵菟丝花被吹落了，落在大树的头发上。他顺手轻轻一拿，菟丝花落在了他那双宽大的手掌里，他捻了一下，痞气十足地说："菟丝花，菟丝花，缠缠绕绕属吾家！"

说完，又看着郭丝丝笑。

小时候，大树家与郭丝丝家是邻居，大树比郭丝丝大3岁，大树每天带着郭丝丝玩。郭丝丝胆小，见到蚂蚁也会哭着喊："蚂蚁——蚂蚁——"大树就会跑过来："哪儿呢？"

"那儿！"郭丝丝一边哭，一边指旁边的大树。

大树上前,手一伸就把树上的几只蚂蚁摁死在树上,那些蚂蚁的小尸体纷纷落到地上。大树看了看,满意地说:"我从来没有见过你这么胆小的人,连蚂蚁都怕,这样下去,谁还敢娶你啊!"

郭丝丝扭捏着低头说:"我才不要别人娶,我跟我爸妈过。"

大树露出惯常的坏笑说:"走吧,我给你烤红薯了。"

那时刻,秋风落了一地。用三根木头支起的三角架下,燃烧着熊熊烈火,火苗一下一下蹿到郭丝丝的眼前,开成一朵朵花。木块之间,正在烤着几根北京红。北京红是一种红心红薯,味道甜糯,郭丝丝从小就喜欢吃。

那时候,大树每一年都带着郭丝丝在村子外边烤红薯。他每次看到郭丝丝手捧着一根红薯,一小口一小口地咬下去说:"好吃,真甜啊!你烤的红薯最好吃了。"大树觉得比郭丝丝还满足。

日子呼啦一下就流走了。

那一年,大树16岁,郭丝丝13岁。

大树随他父亲的升迁去了城里。从此,郭丝丝的邻居就成了空房子。从此,她上学放学再也看不到大树了。当然,再也没有人为她摁掉树上的蚂蚁了,再也没有人在村外为她烤红薯了。

大树还来信说,自己考上了省城中医药大学,后来,由于学业忙，书信渐渐中断了。

时光过得快，郭丝丝研究生毕业后，大树已经是远近闻名的全省中药种植大户，与全国多家药企有生意往来，事业如日中天。两个人刚见面，大树眼前就浮现出她捧着红薯，一口一口地咬的情景。

"走，烤红薯去！"

郭丝丝咯咯一笑，跟着大树走向村口，菟丝花依然顺着树、顺着庄稼攀缘，白色的花一朵朵。大树随手摘下一朵把玩，样子有些玩世不恭。

很快，他们结婚了。

婚姻之初，他们过着琴瑟和鸣的小日子。每天早上大树都会给她准备好蜂蜜水说："菟丝花，起床了。"郭丝丝接过蜂蜜水，一口喝下去说："真甜。"脸上荡漾着满足与幸福。大树总是将她搂在怀里说："宝贝，我现在事业这么好，你还辛苦去赚那几个工资干吗？不如在家好好享受生活，永远做我的菟丝花就可以了。"

恰巧那一段时间，郭丝丝时常挨主管的批评，那个女人总是看着她的衣服说："哎哟！你不爱听了？可以辞职啊！你不是找了一个有钱的老公吗？既然那么有钱还在乎这点毛毛雨？"

郭丝丝听了，恨得牙根痒痒。大树一次次地要求她待在家里享福，每当此时，女主管的嘴脸就在她眼前晃，她一狠心终于同意了。当她跟女主管辞职的时候说:"主管,我发现你说得对,这点毛毛雨,我要它干吗呢!还不如留给你作为年终奖的奋斗目标。"她看着女主管的脸"唰"一下成了猪肝色,心里狠狠地得意了一回。

不用早出晚归上班,简直是天堂一般的生活。大树在家的时间越来越少,她的日常就变成了这样:逛街购物,手里提着大包小包的名牌;或者是坐在电脑前网购,这个名牌的绝版,那个大牌的限量版等消息冲击着她的脑海。更多的时候,就是一个人窝在沙发上,手握遥控器不停地换台,屏幕一闪一闪,似乎永远也找不出她喜欢的节目。每天醒来睁开眼,太阳已经从厚厚的窗帘缝隙里探出了头。有时是被手机铃声吵醒:大树,你在哪儿?而手机里的声音通常是这样的:我是快递公司,有您的包裹,请您下楼取一下。

她坐在梳妆台前试刚刚收到的衣服,却发现,后边的拉锁怎么也拉不上了。

有时候,郭丝丝一个礼拜也难得见到大树一次。她问,大树总是说:"亲爱的,我还不是为了我们的未来吗?还不是为了你?没有我这样拼搏,你还怎么享受美好生活呢?"

又是菟丝花开的季节,大树一直在外边忙生意,已经有两三个月的时间没有见面了。郭丝丝闲得无聊,突然想到要回小村去看看。路边的树长高了,菟丝花也跟着攀满树干，星星一般。

"菟丝花，菟丝花，缠缠绕绕属吾家。"

郭丝丝抬头，看到两个人，女孩很美，很年轻，眼睛里射出的光令人迷恋。

郭丝丝看到大树的手心里拿着一朵菟丝花，说出那句话，那句她早已深深刻进了脑子里的话，现在听起来是多么讽刺啊！

她转过身，看到田地里那些成片成片的菟丝花，她也随手摘了一朵说："菟丝花，菟丝花，无法彻底根除的菟丝花。"

她将那朵小白花放在手掌里，轻轻一捻，随手扔在地上。回头看了看仍在缠绵的两个人，毫不犹豫地走向了相反的方向。

读书、写作与思考（代后记）

关于幼年的记忆，许多已模糊不清。但镇上那家20平方米大小的书店，却一直刻在我的脑海里，清晰如昨。店员是一个长发及腰的女子，每次进去，都会看见那女子手中捧着一本书在读。她读书的样子专注、迷人，有时进了人，她听到声音才会抬头笑一下问：你需要什么书？

父母给我的零用钱，我几乎都花费在那家小书店了。从第一本新华字典到丰富多彩的连环画，小书店成了我那时最向往的伊甸园。

如果我是她多好，总有读不完的书。

每次出书店的门时，我的脑海中都会莫名其妙地产生这样的想法。

多年以后，我到记忆中的小书店去，结果书店已不复存在，代替之的是一家电器店，店里放着声嘶力竭的流行歌曲，震得人双耳刺痛。出得门来，回望一眼，仿佛当年那个长发及腰的女子依旧坐在某个角落里，真有一种恍若隔世之感。

于是，记忆的闸门便慢慢地打开，将我带回幼年的时光隧道中。那时，父亲在每一个晚饭后都会给我们讲《三国演义》《西游记》《水浒传》等中国古典文学名著。他讲时并不看书，一章章一段段，张口即来。我们听得出神时，父亲总是戛然而止，手一挥说：今天就到这儿吧！我们总是祈求：再讲一段吧。父亲说着：下回分解，下回分解。父亲一边说一边已经起了身，或是去抽烟，或是拿起药箱出了门。

父亲那一段又一段的故事伴随着我们的成长岁月。父亲每年都订有好几种报刊。于是，父亲那些报刊，也自然而然地成了我的课外读物。小学四年级时，我偶然地读完了全本《三国演义》，感觉到了文字的无穷魅力，幼小的心灵受到了震撼，使我越发地爱起书来。那时，我的作文经常被老师当作范文来读。

时光流转，随着年龄的增长，我如愿以偿地走上了一条与文字相伴的道路。我便越加感受到了阅读的乐趣，越发感觉到了写作带给我的快乐与精神上的满足。我们成长在一个巨大的社会变革时期，在精神追求与现实生活、金钱与名利等各种冲击之下，人心与社会均浮躁不安。当我一次次地读《红楼梦》《三国演义》《水浒传》《西游记》的时候，我总会想起父亲讲书的情景，发现他讲的故事、情节与段落都与书没有什么出入，仿佛那些人，那些历史，那些故事都已经刻到了脑海里。这，需要读多少遍才能达到？我问父亲，父亲说：不记得看了多少遍，《三国演义》到现在我都能讲出来。这大概就是书读百遍、其义自见吧!

在这些年的时光流转中,唯一庆幸的是,不管岁月如何变迁,不管身在何方,我始终没有放弃过心中的梦想,并一直坚持创作。从故乡到京城,又在命运的安排下从京城到遥远的南半球,文学始终陪伴着我,度过每一个平淡而又充实的日出日落。

生活,从来不缺少写作的素材,只缺乏发现与提炼素材的眼睛。我时常想,不管是作为业余爱好,还是专职创作,写作都并非一朝一夕所能完成,而是一生持之以恒的追求与探索。守得住初心、耐得住寂寞、经得起诱惑。要有"任世界风云变幻,我却心若止水"的毅力与定力,方能在文学的世界里徜徉。看似文字的方寸之间,实则能跨越世间千万年。时光的列车,在咣当咣当的轨道中前行。我依然坚持着心中的梦想,用文字与这个世界温情相拥。在当下与历史中穿越,在黑暗中寻求光明,在现实生活中挖掘那些隐藏着的孤独与寂寞、快乐与悲伤、善良与丑恶、爱与温情。

路漫漫其修远兮,吾将上下而求索!

图书在版编目(CIP)数据

马背上的少年 / 王若冰著. -- 北京：中译出版社,2022.3
（第九届(2018—2020)小小说金麻雀奖获奖作家自选集）
ISBN 978-7-5001-6997-0

Ⅰ.①马… Ⅱ.①王… Ⅲ.①小小说—小说集—中国—当代 Ⅳ.① I247.82

中国版本图书馆 CIP 数据核字（2022）第 038068 号

马背上的少年
MABEISHANG DE SHAONIAN

作者：王若冰
责任编辑：温晓芳 / 特邀编辑：尹全生 / 文字编辑：宋如月
封面设计：北京锋尚制版有限公司 / 内文排版：北京杰瑞腾达科技发展有限公司

出版发行：中译出版社
地　址：北京市西城区新街口外大街 28 号普天德胜大厦主楼 4 层
电　话：(010) 68002926 / 邮编：100044
电子邮箱：book@ctph.com.cn / 网址：http://www.ctph.com.cn
印　刷：北京中科印刷有限公司 / 经销：新华书店

规格：880mm×1230mm　1/32
印张：9.125/ 字数：160 千字
版次：2022 年 4 月第 1 版 / 印次：2022 年 4 月第 1 次
ISBN：978-7-5001-6997-0
定价：42.80 元

版权所有　侵权必究
中译出版社